文景

Horizon

社科新知　文艺新潮

文景古典 · 名译插图本

阿里斯托芬喜剧集

财神

周作人——译

和平女神与财神

对 Kephisodotos（可能是普拉克西特列斯的叔叔或者父亲）铜雕原作（公元前 374—前 370 年）的罗马仿制品

现藏于慕尼黑州立文物博物馆

MatthiasKabel 摄

被和平女神抱在怀中的婴儿财神

雕像（残片），罗马时期

对 Kephisodotos 铜雕原作（公元前 374—前 370 年）的罗马仿制品

现藏于慕尼黑州立文物博物馆

Marsyas 摄

狄俄倪索斯与普路托斯被羊人与女祭司围绕

阿提卡红绘双耳喷口罐（krater），约公元前370—前360年

现藏于大英博物馆

Bibi Saint-Pol 摄

（右为一名羊人扶住醉酒的赫淮斯托斯，下为厄洛斯与一只鹅在玩耍）

命运女神与财神
雕像，2 世纪
现藏于伊斯坦布尔考古博物馆
QuartierLatin1968 摄

财神的胜利

小汉斯·霍尔拜因（Hans Holbein the Younger）作

石墨和水彩绘画，约 1532—1534 年

现藏于卢浮宫

财神

安塞尔姆·弗拉芒（Anselme Flamen）作

大理石雕像，1708 年

现藏于卢浮宫

Pierre-Yves Beaudouin 摄

财神

刘易斯·西奥博尔德（Lewis Theobald）译《财神》（伦敦，1715 年）卷首图

现藏于牛津大学博德利图书馆

一个女性形象喂养婴儿普路托斯

威廉·亨利·古德伊尔（William Henry Goodyear）作

幻灯片（Lantern slide），1923 年前

现藏于布鲁克林博物馆

目　录

财　神

一　开场　/7

二　进场歌　/21

三　第一场　/25

四　第二场（对驳）　/32

五　第三场　/44

六　第四场　/52

七　第五场　/61

八　第六场　/69

九　第七场　/74

十　退场　/77

注　释　/78

附录　1954年版《阿里斯托芬喜剧集》材料

译者序　罗念生　/117

财　神

根据罗泽斯（B. B. Rogers）编订的《阿里斯托芬的财神》（*Aristophanous Ploutos*/*The Plutus of Aristophanes*, Bell and Sons, London, 1907）希腊原文译出。

场　次

一　**开场**（原诗 1—252 行）

二　**进场歌**（原诗 253—321 行）

三　**第一场**（原诗 322—414 行）

四　**第二场（对驳）**（原诗 415—626 行）

五　**第三场**（原诗 627—801 行）

六　**第四场**（原诗 802—958 行）

七　**第五场**（原诗 959—1096 行）

八　**第六场**（原诗 1097—1170 行）

九　**第七场**（原诗 1171—1207 行）

十　**退场**（原诗 1208—1209 行）

人　物

卡里翁（Kariôn）　家奴

克瑞密罗斯（Khremylos）　老年的主人

财神（Ploutos）　最初是瞎子

歌队　由佃户组成

布勒西得摩斯（Blepsidêmos）　主人的朋友

穷神（Penia）

克瑞密罗斯的妻子

正直人

告密人

老婆子

少年人

赫耳墨斯（Hermês）　天神的使者

宙斯的祭司

布　景

雅典街上，在克瑞密罗斯家的前面

时　代

公元前388年

一　开场

在雅典的一条街道上，一个穷老的瞎子摸索着走路。后面紧跟着一个年老的主人和他的家奴，主人名叫克瑞密罗斯，家奴名叫卡里翁，两人头上都戴着桂叶的花冠，表示从阿波罗庙的乩坛回来。卡里翁手里还拿着一块祭祀上分得的胙肉。他显出不耐烦的神气，随即开始独白。后面是克瑞密罗斯的家。

卡里翁　啊，宙斯和神们啊！给一个精神错乱的主人当奴仆，是多么苦恼的事呀！因为有时候奴仆说了很好的意见，可是他的主子却决定不那么做，那么奴仆便要受累。因为运命规定，一个人的身体并不属于本人，乃是属于买他的人的。这就算了吧。至于那从金鼎上宣唱神示的罗克西阿斯[1]，我要用这正当的批评来批评他一下。人家说他是聪明的医生和先知，但他却把我的主人弄成怔忡，跟在一个瞎子后面，这和他所该做的事情正是相反。因为亮眼的人本当领导瞎子，他却去跟随着瞎子，又强迫我同走，那人连咕的一声[2]也不肯回答。——主人，我不能再不作声了，你若是不告诉我，为什么跟着那人，我总要麻烦你。我知道现在戴着这花冠，你总
21 是不会打我的。[3]

克瑞密罗斯 凭了宙斯！如果你还要麻烦我，我要摘去那花冠，好叫你挨打更痛点！[4]

卡里翁 废话！在你告诉给我，那是什么人之前，我是不肯干休的。我问这话，原是十分为你好。

克瑞密罗斯 那么我不瞒你，因为在我家的用人中间，我承认你是最忠诚的，也是——最会偷盗的。我是一个敬神的正直的人，可是境遇不好，老是贫穷。

29 **卡里翁** 这我知道。

克瑞密罗斯 别的那些人可是富有，抢劫庙宇的，政客们，[5]告密人和那些坏人。

卡里翁 你说得对。

克瑞密罗斯　于是我去问神，并不是为我自己，我这不幸的人我想已经快射完生命的箭了，[6]但是我那儿子乃是我的独子。所以我问神是不是要改变他的行径，使他成为一个无所不为的，邪恶的，腐败透了的人，因为那么样我以为是于生活上很有利的。

卡里翁　当时福玻斯从他的花环中间说了些什么呢？[7] 39

克瑞密罗斯　你就会知道。因为神明白地对我说，在我出来的时候首先遇着什么人，叫我绝不要放过他，要劝说那人同到我的家里去。

卡里翁　那么你第一个遇着了什么人了呢？

克瑞密罗斯　就遇着这个人。

卡里翁　那么你还不懂得神的意思么，你这大傻子，他不是在很明白地告诉你，叫你的儿子去学本地人的模样么？

克瑞密罗斯　你凭了什么这样判断呢？

卡里翁　因为这就是在瞎子也很明了：在现今的生活里，做
一个腐败透了的人是很有利的。 50

克瑞密罗斯　那乩示不会是这样说，应该是有别的更重大的意思。假如这家伙告诉我们，他是什么人，为什么缘故，因什么事情来到我们这里，那么我们就可以知道那

乩示对我们说的是什么意思了。

卡里翁　（对那瞎子）喊！你说你是什么人吧；还是要等我
57 来动手？你赶快说吧！

财神　我说滚你的蛋！

卡里翁　（对克瑞密罗斯）你懂得了他说的是谁吧？

克瑞密罗斯　他对你说这话，不是对我说的。因为你问他问得那么的粗笨鲁莽。（对财神）如果你喜欢一个善守誓约的人的态度，请你对我说吧！

62 **财神**　滚你的蛋，我说！

卡里翁　你接收这人，和这兆头吧！[8]

克瑞密罗斯　凭了得墨忒耳[9]，你真该挨揍！你若是不说，我要叫你不得好死！

财神　啊，你们俩，离开我去吧。

克瑞密罗斯　那还行么？

卡里翁　主人，最好还是照我所说的，我要叫这家伙不得好
死。我要去把他放在什么山崖上，离开他走了，好让他
70 跌下去，跌断脖子。

克瑞密罗斯　那就快动手吧！

财神　别这样！

克瑞密罗斯 那么你说么?

财神 可是如果你知道了我是谁，我相信你们一定要欺侮我，不肯放我走了。

克瑞密罗斯 凭了神们，我们会得放你走，假如你愿意走。

财神 那么先放松了我。

克瑞密罗斯 好，我们俩放松了。

财神 那么你们俩听吧，现在似乎不得不说出我所想要隐藏的事情来了。我乃是财神普路托斯[10]。

克瑞密罗斯 喊，你这一切人中间最污秽的家伙，你是财神，还那么闭着嘴么?[11]

卡里翁 你是财神么，那么的可怜相?

克瑞密罗斯 啊，福玻斯啊，还有神明和精灵们啊，[12]还有宙斯啊![13]你说什么呀?你真是他么?

财神 是。

克瑞密罗斯 他自己么?

财神 正是他自己。

克瑞密罗斯 那么告诉我，你这样腌臜，是从哪里来呢?

财神 我从帕特洛克勒斯那里来，他生下来就没有洗过澡。[14]

克瑞密罗斯 但是你这灾难是怎样来的呢?[15]你说给我听吧。

财神　宙斯嫉妒凡人，才这样处分我。因为在我还是小孩的时候，我声言将要单去找那些正直的，聪明的和那守秩序的。但是他把我弄瞎了，叫我什么也辨别不出。他是这么地嫉妒那些好人。

克瑞密罗斯　可是只有那些好人和正人才尊敬他。

财神　你说得对。

克瑞密罗斯　来吧，怎么样？若是你再能够看得见，同以前那样，那么你就避开那些坏人么？

财神　我答应。

克瑞密罗斯　你去找那些正直人去么？

财神　那是一定的，因为我有好久不曾看见他们了。

克瑞密罗斯　这也难怪，因为连我这有眼的也没看见他们。

财神　现在放我走吧。因为你们俩已经知道了我的事情了。

克瑞密罗斯　凭了宙斯，可是我们更要拉住你了。

财神　我不是说过，你们将要给我麻烦的么？

克瑞密罗斯　我请求你，你听从了我们吧，不要抛弃我们，因为你去找寻，再也找不着品行比我更好的人了。

卡里翁　凭了宙斯，除了我再也没有别人了。[16]

财神　他们都这么说，可是一旦他真是得到了我，成了富人，那时便绝无限制地干出坏事情来了。

克瑞密罗斯　正是如此，但是也并不是一切都是坏人。

财神　凭了宙斯，却是一古脑儿。[17]

卡里翁　（*旁白*）你大大地该挨揍啦！

克瑞密罗斯　你会知道，如果你留在我们这里，你将有多少好处，所以你注意，听我说吧。因为我想，我想，——因了神的许可可以这么说，——我将给你除掉了这眼病，使你看得见。

财神　别这么干吧！因为我不要再看得见了。

克瑞密罗斯　你说什么？

卡里翁　这人是一个生成的可怜东西！

财神　我知道，宙斯如果听到了你们这些人的傻事，[18]他会得收拾我的。

克瑞密罗斯　他现在不是也这么干么，让你跌跌撞撞地流浪着？

财神　我不知道，可是我怕他得很哩。

克瑞密罗斯　真是么，你一切神们中间最胆小的神？你还以为宙斯的君权和那些霹雳棒，[19]值得三个铜元[20]么，只要你眼睛看得见，即使在短期间里？

财神　啊，坏家伙，别说这话了！

克瑞密罗斯　你安心吧！因为我将给你说明，你比宙斯更有力量呢。

财神　你说我么？

克瑞密罗斯　正是。举例来说，宙斯凭了什么统治着神们
130 的呢？

卡里翁　凭了他的银子，因为他最有钱。

克瑞密罗斯　那么，这是谁给他这些钱的？

卡里翁　就是这人。

克瑞密罗斯　人们为了谁，给他献祭的呢？不是为了这人么？

卡里翁　凭了宙斯，[21]他们公开地祷告要发财。

克瑞密罗斯　那么，岂不是因为他正是那原因，若是他愿意，就很容易地把这些献祭停止了的么？

136 **财神**　为什么呢？

克瑞密罗斯　因为人们将不再来献祭，没有牛，没有麦粉饼，[22]也没有别的什么，如果你不愿意的话。

财神　怎么呢？

克瑞密罗斯　怎么吗？若不是你在场，给他们银子，人们哪能买到东西呢。所以如果宙斯给你什么麻烦，你能够独

立打倒他的威权的。

财神　你说什么？人们为了我才给他献祭么？

克瑞密罗斯　我正是这么说。凭了宙斯，凡是什么东西对于人们是光明的，美丽的和愉快的，都是由你而来的。因为世间一切都服从于财富。

卡里翁　我就是因了一小块银子成了奴隶，因为我不是和别人同样地有钱。 148

克瑞密罗斯　人家说那些科林斯的妓女们，[23]什么穷人去访问她们的时候，理都不理，但是如果是富人，便立即将她们的身子转过来对着他了。

卡里翁　还有他们说做那些事情的孩子们，[24]并不是为了爱情，却为了银子的缘故。

克瑞密罗斯　那不是好的一等，却是娈童罢了。那好的并不要求银子。

卡里翁　要的是什么呢？

克瑞密罗斯　有的要一匹好马，有的几只猎狗。

卡里翁　或者因为不好意思要求银子，却用什么名字把坏事包藏起来吧。 159

克瑞密罗斯　人们中间的一切技巧都是因了你而发明的。[25]

因为他们中间一个坐着做皮匠，一个做铜匠，一个却制造木器，有的从你得到了金子，又做了金匠。

卡里翁　凭了宙斯，有的剥人衣服，[26]有的挖墙洞。

克瑞密罗斯　一个漂布，又一个洗羊毛，一个鞣皮，又一个卖葱头[27]。一个被捉住的奸夫因了你只拔光了毛。[28]

169 **财神**　啊呀，可怜的人，这些我以前都不知道。

克瑞密罗斯　那大王岂不因此才能摆他的架子么？[29]公民大会岂不因此才能开成的么？[30]怎么？不是你给装备了我们的兵船的么？[31]请你回答我。——还有驻在科林斯的募军不是他给养的么？[32]潘菲罗斯不是因了他而吃苦的么？[33]

卡里翁　那“卖针的”，[34]不是也同了潘菲罗斯吃苦的么？可不是因了他所以阿古里俄斯大放其屁么？[35]

克瑞密罗斯　菲勒普西俄斯不是为了你的缘故讲那些故事的么？[36]不是因了你所以我们和埃及人做同盟的么？[37]不是因了你所以拉伊斯爱那菲罗尼得斯的么？[38]

180 **卡里翁**　提摩忒俄斯的高塔——[39]

克瑞密罗斯　让它倒在你的头上！（对财神）一切的事情岂不是都因了你而做出来的么？那么只有你独自一个乃是

我们这一切事以及好事的原因，这你应当好好地明白。
就是在战事上，只要你坐下在哪一边，哪一边就会得胜。 185

财神　我单是一个人，就能做出这些事情来么？

克瑞密罗斯　凭了宙斯，你能，还能做出比这些更多的事情，所以从来不曾有人对于你觉得满足的。对于许多别的事情有人倒会觉得满足，比如恋爱。 189

卡里翁　还有面包。[40]

克瑞密罗斯　以及文化。[41]

卡里翁　还有糖果。

克瑞密罗斯　以及名誉。

卡里翁　还有薄饼。

克瑞密罗斯　以及勇敢。

卡里翁　还有无花果干。

克瑞密罗斯　以及进取心。

卡里翁　还有大麦饼。

克瑞密罗斯　以及军权。

卡里翁　还有豆粥。 192

克瑞密罗斯　可是从来不曾有人对你感觉满足的。若是一个人得到了十三条金子，他就还想多，要十六条了。[42]假如得到了十六条，他又想四十条，否则他就说这生活不值得生活了。

财神　我觉得你们俩说的都很对，只是我还害怕一件事。

克瑞密罗斯　你说出来吧，关于什么事？

财神　你们说的我所有的权力，我怎么地去使用它呢？

克瑞密罗斯　凭了宙斯，人们都这么说，财神是最胆小的。[43]

财神　不对，这是挖墙洞的在毁谤我。因为他曾经进到人家里去，只见一切物件都锁着，什么也得不到，所以就把我的谨慎先见叫作胆小了。

克瑞密罗斯　现在你不要顾虑。若是这件事情上，你自己也很热心，我将使你眼睛看得见，比林叩斯还要眼亮。[44]

财神　你是一个凡人，怎么能做到这事呢？

克瑞密罗斯　我从阿波罗的话里得着很好的希望，那是他自己摇着皮托的桂树对我说的。[45]

财神　那么他是与闻这事的么？

克瑞密罗斯　正是。

财神　你要留意——[46]

克瑞密罗斯　好朋友，不用操心！因为这是我个人，你要晓得，要去办成这事，即使我因此而死。

卡里翁 我也是，若是你愿意。

克瑞密罗斯 还有许多别人将成为我们俩的战友，那些正直而没有面包的人。[47]

财神 啊呀！你说的是我们的可怜的战友呀！ 220

克瑞密罗斯 若是你使得他们富有，还同以前一样，那么他们就不是这样了。（对卡里翁）你去，赶快地跑，——

卡里翁 干什么去？你说。

克瑞密罗斯 你去招集那些种地的朋友，大概你可以找到他们在田野里劳作，让他们都到这里来，好同我们分得财神的一份财富。

卡里翁 好吧，我去了。但是叫家里的人来拿这片肉，[48]给带进去吧！

克瑞密罗斯 我来管这个吧，快点跑去。（卡里翁下）但是你，一切神灵中最有力量的财神，同我进到这里去吧，因为就是这一家，你在今天里须得使它充满了财货，不管是用正当的或是不正当的手段。[49] 233

财神 可是，凭了神们，我每回走到别人家里去，总使得我很懊恼。因为我从来不曾从那里得过一点好处。倘若我碰巧进了吝啬人的家里，他立刻就把我埋在地下，假如有什么好人他的朋友走来，请求借一点儿银子，他抵赖说向来没有看见过我。或者碰巧进了傻子那里，我就被拿去送给那些妓女和骰子，一会儿的工夫就把我光身赶出在门外了。

克瑞密罗斯　你以前不曾遇着过有节制的人，但是我却正是有点这种性格的。因为我很爱节约，没有人可以相比，可是也爱使用，在应当这么做的时候。但是我们进去吧，我想介绍你见我的妻和我的儿子，那是我的独子，我最爱的——这自然在你之次。

财神　我相信你的话。

252 **克瑞密罗斯**　谁不对你说真话呢？

克瑞密罗斯与财神同下。

二　进场歌

卡里翁上。歌队上。

卡里翁　你们这许多日子跟着主人吃薤白的人啊，[50]我的朋友们，同村人，爱劳作的人们，你们都来，要赶快，要赶紧，因为时机不能等候，现在正是紧要关头，须要你们到场去帮助哩。

歌队　你没有看见我们早已在热心地向前奔走么？这在已经年老无力的人，也就只能这样罢了。我看在你还没有告诉我，你的主人为了什么缘故叫我到那里去之前，你就想我跑哩。

卡里翁　我不是早已说了么？但是你自己没有听见。因为主人说，你们要将快乐地过活，免除那冻饿的生活了。

歌队　可是他所说的这事情，怎么可能呢？

卡里翁　穷苦的朋友们，他来到这里，带了一个老头儿，他很腌臜，弯腰，可怜相的，满脸皱纹，秃头，没有牙齿，而且我想，凭了天，他可能是割过的。

歌队　啊，你黄金的消息的带信人，你怎么说呀？再告诉我一遍吧。显然是他带了一大堆财宝来吧？

270 **卡里翁**　可是我想他只带了一大堆古老的灾难罢了。

歌队　难道你以为欺骗了我们一场之后，你可以平安无事地溜掉么，我还有这棍子呢？

卡里翁　你完全把我当作生成是那样的人，以为我是不说一句真话的么？

歌队　这无赖子多么傲慢呀！你的腿骨是在啊唷啊唷地叫唤，想要那闸板和脚镣了。

卡里翁　现在你拈着了你的阄到坟堆里去陪审，你还不去
278 么？[51]卡戎会把票子给你的。[52]

歌队　你去肚子爆裂吧！你是个流氓，天生的小鬼头，欺骗我们，还不肯告诉我们为了什么缘故，你的主人叫我到这里来的。我们做了许多劳作，本来没有工夫，急忙赶来这里，空走过了许多薤根，不曾采得。

卡里翁 但是我不再隐瞒。因为这乃是财神，伙伴们，我的主人带了来的，他将要使你们都成为富人。

歌队 真的么，我们都将成富人？

卡里翁 凭了神们，都是弥达斯，只要你们长了驴耳朵。[53]

歌队 我多么快乐，多么高兴，我快乐得想要跳舞了，如果
你真是说了真话。 289

卡里翁与歌队且歌且舞。[54]

卡里翁 （第一曲首节）那么我想来领导你们，学那个圆目巨人，[55]丁丁当，用我的两脚这么地跳着吧。但是，来呀！小子们，不断地叫喊着吧，[56]发出咩咩的叫声，那绵羊和骚臭的山羊，撅着尾巴跟了我来。公山羊们，去吃早饭去吧。

歌队 （第一曲次节）可是我们却要咩咩地叫着，丁丁当，找到你这圆目巨人，很腌臜地，带着一个盛有带露的野菜的口袋，[57]酒醉得头痛，领了你的羊群，随便倒睡在什么地方，那时我们将要拿了一根烧着的大尖棒刺瞎
你的眼睛。 301

卡里翁 （第二曲首节）现在我要学那合药料的喀耳刻的一切行为，[58]她曾经在科林斯劝诱菲罗尼得斯的伴当

们，[59]像是公猪似的，去吃捏好了的粪，这是她亲自给他们捏和的。你们因为高兴都咕咕地叫唤，——猪儿们，跟着你母亲来吧！[60]

歌队 （第二曲次节）我们要捉住你喀耳刻，你这合药料，迷惑糟蹋我们的伴当们的，我们因了高兴要学拉厄耳忒斯[61]的儿子那样，把你拴住肾囊高吊起来，像公羊似的用粪涂你的鼻子。你们好像阿里斯堤罗斯[62]，将张大了嘴说，——猪儿们，跟你母亲来吧！

卡里翁 （末节）可是现在来吧，你们且停止了调笑，变换成别的形状，[63]我却想要瞒过了主人，进去拿点面包
321 和肉，我吃了之后，再来搞我们的事情。

卡里翁下。

三　第一场

克瑞密罗斯上。

克瑞密罗斯　啊，同村的朋友们，我要招呼你们说“你们快乐”，那是古旧而且陈腐的话了，我现在“拥抱”你们了，[64]因为你们很热心，卖力地跑来，并且不是慢慢地。你们和我站在一起，真实地表明你们是神[65]的救星。

歌队　你放心吧！因为你将看得出我像是个战神的样子。[66]因为如果我们为了三个铜元的缘故，在公民大会里挤来挤去，却让财神自己给人抢走，那真是太无聊了。 331

克瑞密罗斯　现在我看见布勒西得摩斯也往这里来了。从他走路的样子和速度看，显然是他听到这事情的消息了。

布勒西得摩斯上。

布勒西得摩斯 （独白）怎么回事？克瑞密罗斯忽然地有了钱，从哪里来，又是怎么样来的呢？我不大相信。可是，凭了赫剌克勒斯，[67]那些坐在剃头铺里的人们中间却有许多传说，说那家伙忽然成了富人了。但是这件事在我看来有点奇怪，他富裕了，却要招集朋友。他做的
342 事是有点不合本地习惯的。[68]

克瑞密罗斯 凭了神们，我什么也不隐藏，都说给他听。——啊，布勒西得摩斯，我们现在比昨天更好了，所以你该得来分享，因为你也是我的一个朋友。

布勒西得摩斯 你真是像人们所说似的，成了富人了么？

克瑞密罗斯 快要成了，如果神愿意。可是在这里，在这事情里还有一点儿危险。

布勒西得摩斯 怎么样的危险呢？

克瑞密罗斯 有如——

349 **布勒西得摩斯** 你说出来，你这话是什么意思？

克瑞密罗斯 如果我们成功，以后永久幸福，若是失败的话，我们就全完了。

布勒西得摩斯 这货色显得不妙，我有点不喜欢。因为你忽

然那么地发了大财，又还有什么怕惧，这正像是一个人做了什么不好的事的。

克瑞密罗斯　什么不好的事呢？

布勒西得摩斯　如果凭了宙斯，你在那地方，[69]从神那里偷了金银来，后来却是懊悔了。

克瑞密罗斯　啊，辟恶的阿波罗保佑我，[70]凭了宙斯，我并没有！

布勒西得摩斯　别瞎说了，好朋友。因为我知道得很清楚。

克瑞密罗斯　请你别怀疑我有这种事情。

布勒西得摩斯　唉！简直没有一个人是诚实的，人人都是贪得的奴隶。

克瑞密罗斯　凭了得墨忒耳，在我看来你的神志有点不大清醒。

布勒西得摩斯（*旁白*）他改变得和以前的行径多么不同了！

克瑞密罗斯　朋友，凭了天，你有点怔忡了。

布勒西得摩斯　他的眼光老是东张西望，像那干了什么坏事的家伙。

克瑞密罗斯　我懂得你咕咕地叫的意思了，[71]你以为我偷了什么东西，想要来分肥。

布勒西得摩斯　想要分肥么？分什么肥？

克瑞密罗斯　可是这并不是这样，却是别样的。

布勒西得摩斯　难道不是偷的，却是抢来的么？

克瑞密罗斯　你给恶鬼迷了！

布勒西得摩斯　可是你没有侵吞什么人的钱么？

克瑞密罗斯　我并没有。

布勒西得摩斯　凭了赫剌克勒斯，来吧，一个人还有什么地方可以转避呢？你不肯说出实情来。

克瑞密罗斯　你还没有听清了我的事情，就来定我的罪。

布勒西得摩斯　老兄，我愿意给你使点小费解决这事，趁城里的人还不知道，去把一点银钱堵住了政客们的嘴吧。

克瑞密罗斯　凭了神们，我觉得你是好意的给付出了三两金子[72]，却在账上记下十二两吧。

布勒西得摩斯　我看见一个人坐在被告席上，[73]手拿请愿的树枝，[74]同了他的儿女和妻子，没有一点不是正与潘菲罗斯所画的“赫剌克勒斯的儿女们”相同的。[75]

克瑞密罗斯　不，你这疯子，我是要单使那些好人，聪明的和端正的人，都立刻富有起来。

布勒西得摩斯　你说什么？你偷得那么的多么？

克瑞密罗斯 啊呀，你要害死我了。

布勒西得摩斯 据我看来，倒是你害了自己。

克瑞密罗斯 不是的，你这可怜的家伙，我所得到的，乃是那财神。

布勒西得摩斯 你得了财神？怎么样的？

克瑞密罗斯 那财神自己。

布勒西得摩斯 在什么地方？

克瑞密罗斯 在里边。

布勒西得摩斯 哪里？

克瑞密罗斯 在我那里。

布勒西得摩斯 在你那里么？

克瑞密罗斯 正是。

布勒西得摩斯 不是见鬼么？财神在你那里？

克瑞密罗斯 对，凭了神们。

布勒西得摩斯 你说真话么？

克瑞密罗斯 我说的是。

布勒西得摩斯 凭了灶火女神[76]么？

克瑞密罗斯 还凭了波塞冬。[77]

布勒西得摩斯 你说那海里的么？[78]

克瑞密罗斯 如果还有一个什么别的波塞冬，我也凭了那别一个。

布勒西得摩斯 那么你还不打发他，到你朋友们那里走一转么？

克瑞密罗斯 事情还没有到这个阶段。

布勒西得摩斯 你说什么？没有到分配的阶段么？

克瑞密罗斯 没有，凭了宙斯，因为我们必须要首先——

布勒西得摩斯 必须什么？

克瑞密罗斯 使他眼睛看得见。

布勒西得摩斯 什么人看得见？你说吧。

克瑞密罗斯 用尽种种方法使得财神同以前一样。

布勒西得摩斯 他真是瞎眼么？

克瑞密罗斯 正是。

布勒西得摩斯 那么这也难怪，他一直不曾到我这里来过呀。

克瑞密罗斯 但是现在他要来了，如果神们愿意。[79]

布勒西得摩斯 我们不要去请个医生来么？

克瑞密罗斯 现在城里有什么医生么？因为没有薪金，所以也就没有医生了。[80]

布勒西得摩斯 我们来想想看吧。

克瑞密罗斯　可是没有人。

布勒西德摩斯　我也觉得没有。

克瑞密罗斯　凭了宙斯，这最好是照我以前所想的，叫他去睡在天医的庙里。[81]

布勒西得摩斯　凭了神们，那是顶好的。我们别再拖延了，赶快干起来吧。

克瑞密罗斯　我正要去呢。

布勒西得摩斯　现在快干吧！

克瑞密罗斯　我正在干这事哩。

四　第二场（对驳）

穷神[82]上。

穷神　你们不幸的小人儿俩，敢于干出这种鲁莽的，无法无天的勾当的人呀！哪里去，哪里去？你们为什么逃走？还不给我站住么？

布勒西得摩斯　赫剌克勒斯啊？

穷神　我要使你们坏人不得好死，因为你们敢干出那不可忍受的事，以前不管神或是人都没有敢做的，所以你们都非死不可。

克瑞密罗斯　可是你是谁呀？因为，我看你是那么地黄瘦。

布勒西得摩斯　好像是悲剧里的什么报仇女神，[83]相貌那么地有点疯狂的和悲剧味儿。

克瑞密罗斯　但是她没有拿着火把。[84]

布勒西得摩斯　那么她更该死了。

穷神　你们以为我是谁哩?

克瑞密罗斯　小客店女主人，或是卖蛋卷的女人吧。否则不曾受到侵犯，不会对我们这么大嚷的。

穷神　真的么?你们想要把我从全世界上赶出去，这可不是最大的恶事么?

克瑞密罗斯　不是还有那罪人坑[85]给你留着么?但是你必须立即告诉我，你是谁呀。

穷神　我乃是今天要来同你们俩算账的人，因为你们想要把我从这里赶了出去。

布勒西得摩斯　那是附近酒店的女堂倌，时常在酒吊子[86]上欺骗我的么?

穷神　我乃是穷神，和你们同住了多年的。

布勒西得摩斯　（要逃走）啊，阿波罗王和神们呀!往哪里逃好呢?

克瑞密罗斯　喊，你干什么呀?啊，你顶胆小的东西，你不站住么?

布勒西得摩斯　断乎不成。

克瑞密罗斯　你不站住么？叫一个女人吓走两个男子么？

布勒西得摩斯　因为这是穷神呀，坏家伙，在活物中间没有比她更厉害的了。

克瑞密罗斯　站住，我请求你，站住！

布勒西得摩斯　凭了宙斯，我不。

克瑞密罗斯　我告诉你，这样我们便做了一切行为中最卑怯的事，如果我们撇下那财神不管，一仗也不打，为了害
448 怕她，逃走到什么地方去的话。

布勒西得摩斯　我们有什么甲仗，什么力量，可以倚靠的呢？因为我们的任何胸甲，任何盾牌，不是给这极恶的东西都放到典当里去了么？[87]

克瑞密罗斯　你放心吧，因为单是那神，我知道，就可能掳获她的东西来作得胜纪念的。[88]

穷神　你们两个流氓，现在当场被捉住了在干这样恶事，还敢咕咕地叫么？

克瑞密罗斯　啊，你极恶的东西，为什么来这里骂我们呢，我们什么也不曾侵犯了你？

穷神　凭了神们，你们在想要使财神再能看见，这还不侵犯了我么？

克瑞密罗斯　这怎么会侵犯了你呢，若是我们想设法把好处给予一切的人？

穷神　可是你们能够找到什么好处呢？

克瑞密罗斯　什么？第一是把你赶出希腊去。 463

穷神　赶我出去么？那么你想想，你给人们做了一件还有比这更大的坏事么？

克瑞密罗斯　什么？更大的坏事是我们拖延着，不这么做。[89]

穷神　现在我想先就这件事给你们俩讲一番话。我要证明我是你们的幸福的唯一的原因，你们是靠我生活着，如果不然，那么随你们的意思对付我好了。

克瑞密罗斯　啊，极恶的东西，你敢说这话么？ 471

穷神　你接受这教训吧，我想我很容易指示你们，像你们所说，要去使得正人都富有，那是完全错误的。

布勒西得摩斯　啊，板子与大枷啊！[90]你们不来帮助我么？

穷神　在你懂得清楚之前，你不该大呼小叫的！

布勒西得摩斯　有谁听了这样的话，能不啊啊地叫喊起来呢？

穷神　是那么头脑清楚的人。

克瑞密罗斯　那么我怎么登记，若是你失败了，该受什么罚呢？[91]

穷神　随你们的意吧。

481 **克瑞密罗斯**　你说得对。

穷神　这同样的罚，如果你们输了，你们俩也得受。

布勒西得摩斯　（对克瑞密罗斯）你看二十个死足够了吧？[92]

克瑞密罗斯　给她行了，我们俩只要两个就够。

穷神　你们顶好是赶紧做这事去吧，[93]因为谁还可以有正当的理由来驳倒我么？

歌队　现在你该来说些聪明的话打败了她，在议论上来对
488 抗，不要软弱地让步。

克瑞密罗斯　我觉得这是很清楚的，人人知道，人间的好人得到幸福乃是正当，那些坏人和不敬神的却应得到相反的结果。我们希望做到这样，好容易才找着了一个计划很好很伟大，对于一切事情也很有益。因为那财神现在看得见了，不再瞎了眼在那里胡撞，他走到好人那里去，不再离开他们，却将躲避那些坏人和不敬神的了。那么以后他将使得大家都成为善良富裕，而且尊敬神
498 意。[94]可是有谁曾经给人们想过比这更好的事情么？

布勒西得摩斯　没有。这事我给你做见证，所以你不必去问她。

克瑞密罗斯　我们人类的生活有谁看了不以为这是疯狂，或是着了恶鬼的道儿呢？因为人们中许多是坏人的都很富有，他们不正当地来聚集财富，但是许多本是好人，却是不幸，贫穷饥饿，大都和你在一起。所以我说，如果财神就能看得见，阻止了她，[95]那么再也没有一条道路对于人们更有益处的了。

穷神　啊，你们两个老头子，一切人中最容易被引诱做傻事的，胡说胡为的社伙，[96]如果你们所期望的这事做成了的话，我告诉你这于你们俩将没有一点好处。因为若是财神仍旧看得见了，把财富平均地分给了人，那么将没有人愿意来搞技术和学问了。如果这两样东西都因了你而不见了，有谁去做铜匠，或是造船，或是缝衣，或造轮子，或做皮匠，或造砖瓦，或是洗濯，或是鞣皮，或是用犁去耕地土，收割地母的果实呢，假如你不管这一切事情，可以游惰地过着你的生活么？

克瑞密罗斯　你胡说些胡话。因为现在你所说的这些事情，奴仆们会得给我们去担承的。[97]

穷神　可是你从哪里去得到这些奴仆呢？

克瑞密罗斯　我想我们可以用银子去买的。

穷神　先说，谁是卖主呢，那时他们都有了银子？

克瑞密罗斯　从帖萨利亚地方[98]，那许多人贩子中间，会
521 得有想要发财的商人走来的。

穷神　可是先说，依照你自己所说的话，那就绝不会再有什么人贩子了。因为既是富有了，谁还肯冒了生命的危险来干这些事情呢？因此你自己不得不来耕种，来掘地，做别的工作，你要去过着比现今更是苦恼的生活。

克瑞密罗斯　这个落在你自己的头上吧！

穷神　而且你再也不能睡在床上，——因为床没有了，——或在毛毯上，因为谁还愿意来织呢，他有了金子？在你带了新娘回来的时候，没有点滴的香油给她搽擦，也没有奢华的染出花纹的衣衫给她装饰了。你如缺少了这一切，那么你富有了于你有什么好处呢？这乃是因了我，一切你们所要的东西才能够得到，因为我坐着像主妇一样，强迫那手艺工人，因了他的缺乏与贫穷，去寻找生计。

克瑞密罗斯　你能够供应什么好的物事呢，除了些澡堂子里来的烫伤水疱，[99]挨着饿的小崽子，和成帮的老太婆？还有那些虱子，蚊虫和跳蚤的数目，多得无从说起，它

们在头的四周嗡嗡地叫，咬你，叫醒你来，说道：“你要挨饿了，可是，起来吧！”此外只有破衣来替代大衫，替代卧床的是芦苇的垫褥，满是些臭虫，会得咬醒熟睡的人的。只有一张臭烂的草席当作毯子，当作枕头的是一大块石头，放在头底下。吃的是葵菜的芽当作面包，干萎的萝卜的叶子当作大麦饼。当作凳子的是破酒坛的颈子，当作和面板的是酒坛的边，那也是破的。我不是指示出来，对于一切人们的这许多好处都是由于你的么？ 547

穷神 你刚才不是在说我的生活，却是说那乞丐的。

克瑞密罗斯 所以我们说，贫穷是乞丐的姊妹嘛！

穷神 啊，你们好像是说狄俄倪西俄斯等于特剌叙部罗斯了！[100]可是我这边的生活并不那么受苦，不，凭了宙斯，将来也不会。因为那乞丐的生活，就是你所说的，是活着一无所有，但是那穷人生活着，节俭度日，用心工作，他们没有什么多余，但也并不缺少什么。 554

克瑞密罗斯 啊，凭了地母，你所说的那人的生活是多么幸福呀，如果他节俭着，劳苦着，没有留下什么钱够做坟用！

穷神 你们只是想嘲笑讽刺，不肯老老实实的，并不知道我使得那些人们在心身两方面比起那财神来，要好得多。因为在他那边的人都是有风湿脚，大肚子，粗腿，怪样的发胖，但是在我这边的却是瘦的，胡蜂样的，对于敌人才厉害哩。

克瑞密罗斯 那一定是你用了饥饿使得他们成为胡蜂样的了。

穷神 而且我还可以给你们谈谈道德的事，指示出那些规矩的人住在我这边，在财神那边的却是放纵无礼。

克瑞密罗斯 那么做贼和掘墙洞倒都很是有规矩的。[101]

布勒西得摩斯 凭了宙斯，要是他不显露自己，这就是谨慎。这怎么不是有规矩呢？

穷神 所以且看那城邦里的政客们吧，当他们还是贫穷的时候，他们对于人民和城邦是诚实的，但是一从公家得到了财富，便立即变成不诚实的人，他们计划对付群众，要与人民为敌起来了。

克瑞密罗斯 这些你倒说的不是假话，虽然你原是大大的造谣的家伙。可是，总之，你还是该死，——你不要以此自豪吧！[102]——因为你想要来说服我们，说贫是比富要好得多。

穷神　关于这话你也还没有能够驳倒我，却只是说胡话，拍翅膀[103]罢了。

克瑞密罗斯　大家为什么逃避你呢？

穷神　因为我要他们好呀。最好是去看小孩们的事，因为他们逃避他们的父亲，那对于他们是最有好意的。要辨别什么事情是对的，就是这样的难呀。 578

克瑞密罗斯　那么你将说宙斯也不能正确地辨别什么是最好的事了，因为他是有钱的。

布勒西得摩斯　——却把她[104]打发到我们这里来！ 580

穷神　啊，你们这两个真是被眼屎迷糊了眼的，古董头脑啊！宙斯乃是穷的，这件事我就可以明白指教给你们。因为若是他富裕，那么为什么在他自己举行奥林匹亚竞技的时候，[105]每第五年招集全部希腊人到来，[106]宣布竞技的得胜者，却只给戴上野橄榄叶的花冠呢？[107]如果他是富有，他该给金冠才对呀。

克瑞密罗斯　即此可以明白，他是很尊重钱财的了。因为他是节俭，不情愿花费，所以拿那捞什子发给得胜的人，却把财富留在他自己身边了。 589

穷神　你想要去把一件比贫穷更可耻的事情加在他的上面，

如果他是富有，却又是那么的吝啬和贪鄙。

克瑞密罗斯　愿宙斯毁灭你，先给你戴上野橄榄叶的花冠！

穷神　你敢于反抗我，说你们一切的好处都不是从贫穷来的么！

克瑞密罗斯　这可以去从赫卡忒[108]问了来，富有与贫穷哪一样更好。因为她说的是，那些有钱和富裕的每月给她送吃食来，[109]可是穷人们在放下来之前就把这抢走了。——现在你去死吧！不要再多哼一声“咕”。因为你尽管要说服我，也总是说服不了我的。[110]

穷神　啊，你阿耳戈斯的城邦啊！[111]

克瑞密罗斯　你叫泡宋吧，你的同班吃饭的人！[112]

穷神　不幸的我呀，怎么样了呢？

克瑞密罗斯　你到乌鸦里去，[113]快离开了我们吧！

穷神　我到什么地方去呢？

克瑞密罗斯　到大枷里去吧！你不得逗留，必须赶快！

穷神　将来你们就要请我到这里来的。

克瑞密罗斯　那时你再回来，可是现在去死去吧！因为在我还是富有更好，且让你去为了自己的头大声叫唤吧！[114]

穷神下。

布勒西得摩斯　凭了宙斯，我愿望发了财，同了孩子们和妻
子好好地吃一顿，洗了澡之后，擦了油从浴堂里出来，
对于那穷神和她的手工人们表示不敬了。 618

克瑞密罗斯　那个女流氓总算离开了我们了。我和你应当赶紧带了那位神明，到天医庙里住夜去才是。

布勒西得摩斯　我们别再拖延了，怕得又有什么人走来，妨碍我们去办那该做的事情。

克瑞密罗斯　孩子卡里翁，你去拿被褥出来，带了那财神自
己，依照了习惯，以及别的在里边预备好的那些东西
去吧。 626

克瑞密罗斯与布勒西得摩斯同下。这里算是有一夜过去了。

五　第三场

卡里翁上。这是第二天，卡里翁从天医庙回来，对着在场上的歌队报告好消息。

卡里翁　喊，老头儿们，你们时常在忒修斯大宴上用小块大麦饼舀汤吃的，[115]现在多么幸运呀，多么有福气呀，别人和一切好人都是有份！

歌队　啊，什么事，你自己的最好的朋友？[116]因为你显然是带了什么好消息来的。

卡里翁　我的主人得着了最好的运气，不，还不如说那财神自己，因为他不再瞎了，却是已经张开了眼，那眼珠子看得清楚了，天医显得是那么一个好心的大夫。[117]

歌队　（大声歌唱）你说的叫我喜欢！你说的叫我呼唤！

卡里翁 你该当喜欢，不管你愿不愿意。

歌队 （大声歌唱）我将高声叫那天医，他有好儿女，[118]是人类的伟大的光。[119]

克瑞密罗斯的妻子上。

妻子 这叫唤是什么事呀？是好事情传报来了么？因为我盼望这消息，以前一直坐在里边等着他哩。

卡里翁 啊，主母，赶快赶快拿酒来，喝了下去吧，[120]——你是很爱这么做的。因为我给你把一切好事情整块儿地拿来了。

妻子 在哪里呢？

卡里翁 从我说的话里你就会知道的。

妻子 那么你赶快来，说完你所要说的话吧！

卡里翁 那么你听吧。我将把这事件一切说给你听，从脚下直到头上。

妻子 只是别到我的头上来！[121]

卡里翁 不是现在好事情都来了么？

妻子 就只不要那“事件”啊。

卡里翁 我们一走到神庙那里，带了那人，[122]那时最是可怜，现在却还有谁像他那么有福气有幸运呢，我们首先把他带到海边，在那里给他洗了澡。[123]

658 **妻子** 凭了宙斯，那才是幸福的人，一个老头儿在冷的海水里洗澡！[124]

卡里翁 于是我们走向神的灵境去。[125]在祭坛上供上了糕饼和祭品，[126]给火神的火焰的吃食。我们让财神睡下，依照着规矩，我们各人都准备了被褥。[127]

664 **妻子** 那里还有什么别人要神的医治的么？

卡里翁 一个就是涅俄克勒得斯，[128]他是瞎眼的，可是在窃盗本事上却胜过那亮眼的人。许多别的人有着各样的毛病。可是那神的管事人来灭了灯火，吩咐我们睡觉，说如果有人听到什么声响，也不要作声，我们便都规规矩矩地睡下了。我却是睡不着觉，在离一个老太婆的头不多远的地方放着一罐子麦粥，这很引动我，使得我莫名其妙地想要爬过去。那时我向上一望，只见祭司从神棹上把干酪饼和干无花果都抢走了。这之后，他绕着那些祭坛走了一圈，看是不是还有什么糕饼遗留在那里，随后他把这些东西都敬纳到一个口袋里去。[129]我以为
683 这些事情是很合法的，所以便起来去拿那麦粥的罐子。

妻子 好大胆的人，你不怕那神么？[130]

卡里翁　是呀，凭了神们，我就怕他在我的先头去拿那罐子，戴着花冠。因为那祭司先就告诉我说了的。[131]那老婆子那时听到了我的声响，伸出她的手来，我便嘶叫，用牙齿衔她，像是那黄色的神蛇。她立即缩回手去，将被窝裹紧了，静静地睡着，吓得放屁，比黄鼠狼还臭。我把麦粥吃了大半，到了吃饱了的时候，我这才停住。

妻子　但是那神没有到你那里来么？

卡里翁　还没有哩。这之后，我真做了一件好笑的事情。因为他刚走近前来，我放了一个大屁，原来我的肚子爆发了。[132]

妻子　那他一定为此很讨厌你了吧？

卡里翁　没有，但是伊阿索，跟着他的什么人，脸色发红了，帕那刻亚转过头去，[133]捏住了她的鼻子。因为我放的不是沉香[134]呀。

妻子　但是他自己呢？

卡里翁　不，凭了宙斯，他并不觉得。

妻子　你把那神说得那么村野么！

卡里翁　不，凭了宙斯，我不这么说，只是说“吃屎的”

罢了。[135]

妻子　啊，你这坏人啊！

卡里翁　这之后，我很害怕，立即蒙头盖住，那时他巡行视察所有疾病，很是周密。随后一个小厮在他面前放下一
711 只小白臼，一个杵和一只小箱子。

妻子　石头的么？

卡里翁　凭了宙斯，不是，那小箱子不是的。

妻子　你怎么看见的呢，顶坏的流氓，你说是蒙头盖住的嘛？

卡里翁　我从那破衣服看见的。因为，凭了宙斯，那里有着不少的窟窿呀。——他第一件事是动手来给涅俄克勒得斯捣合膏药，抛进三头忒诺斯的大蒜去，[136]在石臼里捣烂，一面掺进无花果树汁与绵枣儿，随后加入斯斐托斯的醋，翻转那人的眼皮，把这药敷上去，叫他痛得更厉害。[137]那人狂呼高叫，跳起来跑了，那神笑着说道："现在你去贴着药坐在那里吧，那么我可以阻止你
725 往公民大会里捣乱了！"[138]

妻子　这是一个多么爱国而且聪明的神明呀！

卡里翁　这之后，他在财神旁边坐下，先来摸他的头，随后拿起一块干净手巾，擦他的两眼皮，帕那刻亚用了紫布

盖好了他的整个头和脸，那时那神咂嘴作响，随即从神殿里有两条龙[139]窜了出来，身体非常大。

妻子　啊，亲爱的神们啊！ 734

卡里翁　它们俩静静地钻到紫布底下去，在舔他的眼睑，据我的猜想。[140]在你喝完十杯酒之前，[141]我的主母，那财神便站起来，眼睛看得见了。那时我喜欢得拍起我的两手来，叫醒了我的主人。那神和那蛇都隐到神殿里去了。那些睡在财神旁边的人，你猜想看他们怎么地招呼他，大家整整一夜没睡，直到天明。我真要竭力赞美那神，因为他快快地使得财神看得见，而且又使涅俄克勒得斯更加眼瞎了。 747

妻子　啊，主啊，主啊！[142]你有多么大的力量啊！——但是你告诉我，财神是在哪里呢？

卡里翁　他就来了。可是在他周围有多么大的一群人呀！因为那些以前是正人，却生活不富裕的，都来招呼他，喜欢得来和他拉手，虽然那些富人们，他们有很多的财产，却不是用正当方法得到生活的，却蹙着眉头，满脸怒容。但是那些人仍然跟在后边，戴了花冠，笑着，欢呼着。老人们的鞋子在合拍地发出声响。[143]现在让大

家一起来跳舞，蹦跳，合唱歌舞吧，因为你们走进家里

763 去的时候，不会再听见报告说，桶子里没有面粉了！

妻子 凭了赫卡忒，为了你的好消息，我真想给你传来这样消息的人戴上一串烤面包当花冠哩！[144]

卡里翁 现在别再拖延了，因为人们现已靠近你的门口了。

妻子 那么我将走进去，拿些果子来，[145]庆祝他那新买来的——一副眼睛。[146]

克瑞密罗斯的妻子下。

卡里翁 我要迎接他们去。

卡里翁下。

财神上，同了克瑞密罗斯和一大群人。

财神 我首先要礼拜那太阳，随后是那庄严的雅典娜的有名的原野，[147]以及刻克洛普斯[148]的整个的，招待我的土地。我为了我以前的行径[149]觉得羞耻，我不自觉地和那些人住在一起，却逃避那些值得做我伴侣的人，我什么也不知道！啊，这不幸的我呵！这件事和那件事，[150]我都做得不对。但是这一切我将都翻转过来，将显示给一切人们看，我以前把我自己给了那些坏人，

781 那并不是我的本意。

克瑞密罗斯 （对旁人）滚到乌鸦里去吧！那些朋友们多么讨厌啊，他们在一个人交了运的时候，忽然出现了！因为他们碰你胁肋，敲你的小腿，[151]各人要表示什么好意。有谁不来找我说话呢？有哪一群老头儿不在市场上把我包围起来呢？ 787

克瑞密罗斯的妻子上。

妻子 啊，最亲爱的人们，你和你都好！现在来吧，因为这是习惯，我拿这些果子，给你倒上吧！

财神 别这么做吧。因为我现在看得见了，初次走进家里，不应当拿东西出来，却是应当拿进去才对。[152]

妻子 那么你不接受我的这些果子了么？ 794

财神 在里面灶火旁边，按照那习惯。[153]那么我们也可以避免了庸俗的行为了。因为这在导演的诗人不很相宜，[154]把无花果干和糖果抛给观众们，叫他们看了发笑。 799

妻子 你说的很对，因为得克西尼科斯那边站了起来，[155]正想要来抢那无花果干哩！ 801

财神，克瑞密罗斯和妻子同下。这之后，算作有一段相当的时间过去，这其间人世的贫富都转换了。

六　第四场

卡里翁上。

卡里翁　朋友们，幸福度日是多么愉快的事呀，而且并不要从家里支出什么来！因为整堆的好事情滚进我们的家里来，虽然是并不曾做什么坏事。[156]这样的富有起来真是很愉快啊！我们的面粉箱里满是白面，酒缸里是红黑喷香的酒。一切箱笼里都充满了银子和金子，叫人看了吃惊。油壶里满是橄榄油，香油瓶里充满了香油，顶楼上充满了无花果干。所有醋瓶，碟子和沙锅都成了青铜的。还有那盛鱼的烂木盘，你看那是银的了。我们的灯笼，一会儿变成了象牙骨子的。我们仆人都用了金圆来猜单双，[157]也不再用石头擦屁股了，[158]都那么奢侈了，每回用的是大蒜。现在主人在里边献祭杀猪，山羊和公绵羊，头上戴着花冠，可是烟把我赶了出来了。我不能再留在里边，那烟那么地咬我的眼睛。 822

正直人同了仆人拿着破衣破鞋上。

正直人 孩子，跟着我来，让我们找到神那里去。

卡里翁 呀，那来的是什么人呀？

正直人 是一个以前原是穷苦的人，现在却是幸福了。

卡里翁 那么，这看来显然是好人中间的一个了。

正直人 是呀。

卡里翁 现在你要什么呢？

正直人 我到神这里来，因为我的多大的幸运是由他而来的。我从我的父亲得到相当的财产，拿来帮助缺乏钱用的朋友们，以为这是人生有用的事情。 831

卡里翁 大概不久你的钱财就都完了吧？

正直人 正是。

卡里翁 那以后你就穷苦了。

正直人 正是。我还以为在那些我所帮助过的人们中间，可以找到真正信实的朋友，在我穷困的时候。可是他们却都溜开了，好像是不曾看见我似的。

卡里翁　而且嘲笑你，我知道得很清楚。

正直人　正是。我的箱笼空虚，害死了我了。

卡里翁　可是现在不然了。

841 **正直人**　因此我有正当的理由到这里来，对神祷告致谢。

卡里翁　但是，凭了神们，那孩子跟了你拿着的破衣服，那是什么意思呢？请你告诉我。

正直人　这个我带来，要捐献给神做供品。

卡里翁　不见得你是穿了这个在大祭里受戒的吧？[159]

正直人　不，可是我穿了挨过十三年的冻哩。

卡里翁　那鞋子呢？

正直人　它也同我经过许多风雪。

卡里翁　你也拿它来做供品的么？

正直人　是，凭了宙斯。

849 **卡里翁**　你给神带来多么美妙的礼物呀！

告密人[160]同着他的证人上。

告密人　啊，我的恶运呀！我完了，不幸的人！三倍的恶运，四倍的，五倍的，十二倍的和一万倍的！[161]啊唷，啊唷！我这样地被混合在多倍的灾难里了！[162]

卡里翁　辟邪的阿波罗和仁善的神们啊！这个汉子是受着了

怎样的灾难来呀？

告密人　我还不是现在受到了凶恶的灾害了么，一切物事都从我的家里消灭了，就只为了这个神，他是应当仍旧瞎眼的，如果公道不是真离开了世间。

正直人　我觉得差不多看清了这件事情。一个遭遇不幸的人来到了，这似乎是那烂板一类的东西吧。[163]

卡里翁　凭了宙斯，那么他的倒霉正是倒得很对的了。

告密人　他在哪里，那人在哪里，他独自应允我们，只要他同以前一样能看得见，将立即使我们都成为富人的？可是他却反而把有些人更毁灭掉了。

卡里翁　他这样毁灭了的是谁呢？

告密人　我这人便是。

卡里翁　你是一个坏人，或是挖墙洞的吧？

告密人　凭了宙斯，你们俩没有一个不是坏蛋，而且一定也是你们拿了我的钱财去了！

卡里翁　啊，地母啊！告密人那么胡闹地跑了进来！显然是他饿得慌了。

告密人　（对卡里翁）你快快走到市场去吧！因为你该得在那里绑在轮子上招出你所做的恶事来呀。[164]

卡里翁　你该死的东西！

正直人　凭了救主宙斯，如果他叫那些告密人和恶人们都凶
879 死了，那么这神真是值得全体希腊人的尊崇了。

告密人　（对正直人）啊呀！你也来嘲笑我么，你是一个同谋者？[165]因为你这大衣是哪里得来的呢？昨天我看见你还穿着破衣服哩。

正直人　我不怕你。因为我带着这个指环，是用一块钱从欧达摩斯那里买来的。[166]

卡里翁　但是这未必能治“告密人咬伤”吧。

告密人　这不是大大的侮辱么？你们讥笑，却不说你们俩在这里干的什么事。你们俩在这里不是干的好事。

卡里翁　凭了宙斯，这对于你不是好事，你可以明白。

告密人　因为，凭了宙斯，你们俩要用了我的钱去大吃大
890 喝了。

卡里翁　我实在愿望，你同了你的证人肚皮都爆破吧，[167]装满了——没有东西！

告密人　你们俩狡赖么？你们这两个顶坏的东西，里边有着许多的盐鱼块和烤肉哩！吁呼——吁呼——吁呼——吁呼——吁呼——吁呼！[168]

卡里翁　倒霉的人，你闻到了什么了么？

正直人　或者是寒气吧！因为他只穿着这么样的破衣服。

告密人　啊，宙斯和神们啊！这是可以忍受得的么，让这些人来侮辱我？啊呀，像我这良善爱国的人却来承受这样灾难，是多么可恼的事呀！

卡里翁　你是爱国而且良善的么！

告密人　没有人及得我。

卡里翁　那么我问你，你回答我吧。

告密人　什么呀？

卡里翁　你是农夫么？

告密人　你以为我是疯子么？

卡里翁　可是商人么？

告密人　对，我说是的，在有些时候。[169]

卡里翁　怎么，你学过什么手艺么？

告密人　没有，凭了宙斯。

卡里翁　那么既然什么事情都不做，你是怎么过活的呢？

告密人　我是一切公私事情的管理员。

卡里翁　你么？为什么缘故呢？

告密人　因为我要管。

卡里翁　啊，挖墙洞的人，既然人家都恨你，因为那事情都不与你相干，那么你怎么可以算是良善呢？

告密人　呆鸟啊，我用尽所有力量，去帮助我的城邦，怎么会不相干呢？

卡里翁　那么帮助城邦就是多管闲事么？

告密人　这是拥护现行法令，阻止人们侵犯。

卡里翁　可是城邦不是因此设有法官主持其事么？

告密人　但是谁来告发呢？[170]

卡里翁　凡是要管的人。

919 **告密人**　那么我就是那人。所以城邦的事情都依靠着我。

卡里翁　凭了宙斯，那么这城邦是得着了一个无聊的头领了。但是你不愿意来安静清闲的过活么？

告密人　你说的是羊群的生活，若是人生看不到什么消遣的事情。

卡里翁　你不肯学好么？

告密人　不，即使你把财神本身和巴托斯地方的阿魏都给了我！[171]

卡里翁　（吆喝）赶快脱下大衣来！

正直人　（对告密人）喊，他对你说呢！

卡里翁　随后脱下你的鞋子！

正直人　这些他都是对你说的。

告密人　好吧，谁愿意的，你们就走到我这里来！

卡里翁　“那么我就是那人！”[172]

卡里翁抓住告密人，脱去他的衣服与鞋子。

告密人　啊呀，我在白天里被他们剥了衣去了！

卡里翁　因为你要去多管别人的事找饭吃嘛！

告密人（对他的证人）你在干什么哪？我叫你给这案件作证！

证人逃去，下。

卡里翁　可是你带来的证人却已逃走了。

告密人　啊唷，我独自被抓住了！[173]

卡里翁　现在你是叫苦了吧？

告密人　“啊唷，又是一下！”[174]

卡里翁（对正直人）你把那破衣服给我吧，让我给这个告密人穿上。

正直人　不，因为这早已献给了财神了。

卡里翁　把这献到哪里去，还有比挂在一个坏蛋和挖墙洞的身上更好的呢？给财神穿，那须得用精美的衣袍才相宜哩。

正直人　这旧鞋子怎么用好呢？请你告诉我吧。

卡里翁　这个我就来钉在他的额上，好像是钉在野橄榄树上似的。[175]

告密人　我走了！因为我知道，我敌不过你们。但是如果我找到了一个伴当，便是无花果树的也罢，[176]我将在今天里叫这有力量的神去吃官司，因为他显然是在破坏我们的民主制度，既然没有得到议会的，也并没有公民大会的许可。

告密人下。

正直人　现在你穿了我的全副武装走了，[177]跑到那浴堂里去，像是歌队长似的站在那里取暖吧。[178]因为我以前是曾经站过那个位置的。

卡里翁　可是那管浴堂的人会得抓住他的肾囊，把他拉出门去的。因为一眼看见他，就将知道是属于那烂板一类的家伙。但是我们可以进去，去礼拜那神了。

卡里翁与正直人同下。

七　第五场

老婆子上，拿着装有糕饼的一个盘子。

老婆子　啊，亲爱的老人家，我们真是到了这个新的神的家里了么，还是我们全然走错了路了呢？ 961

歌队你　好知道，真是到了他的那门口了，好小姑娘，[179]因为你问得那么地娇。

老婆子　那么，我来从里边叫出一个人来吧。

克瑞密罗斯上。

克瑞密罗斯　不必了，因为我自己出来了。但是你必须告诉我，你是为什么事来的。

老婆子　啊，最亲爱的朋友，我受到可怕的，不公平的事情，因为自从这神看得见了之后，他把我的生活弄得全无生趣了。

克瑞密罗斯　这是怎么的？你可是女人中间的一个女告密么？

971 **老婆子**　凭了宙斯，我不是的。

克瑞密罗斯　或者你是抽不着号码——去喝酒么？[180]

老婆子　你开玩笑。但我可怜的女人，却是情急得很哩！

克瑞密罗斯　你不早点告诉我，这情急的是什么事呢？

老婆子　那么你听吧。我有一个可爱的年轻人，他很穷苦，可是在别方面却是端整，漂亮又是良善。[181]因为假如我要什么东西，他就把这些都办得端端正正的，好好的，我也是这样的帮助一切他的需要。

980 **克瑞密罗斯**　但是他每回问你要的是些什么呢？

老婆子　这并不多，因为他是非常地尊敬我呢。他也就只是要二十个小银元[182]买大衣，或者八个小银元买鞋罢了。他叫我给他的姊妹买件褂子，给他母亲买件外衣，麦子要上两担[183]。

克瑞密罗斯　真的，凭了阿波罗，你所说的倒并不多，[184]显然他是尊敬你的！

老婆子　他说他要这些东西，并不为的贪得，乃是为了情爱

991 的缘故，他穿着我的大衣，便会记忆着我。

克瑞密罗斯 你说的真是非常有爱情的人哩！

老婆子 可是那屁家伙现在早已没有这种心思，他却已大大地改变了。所以在我把这糕饼，和在这盘上的别的糖果送去给他的时候，带去一句口信，说晚上我要去，——

克瑞密罗斯 他对你怎么办？你告诉我。 998

老婆子 他把这奶油糕也退还给我们，[185]叫我以后永不再到他那里去，而且在打发出来的时候还说道："弥勒托斯人以前是刚勇的。"[186]

克瑞密罗斯 那么这孩子的性质显然是并不坏的。现在他富裕了，不再喜欢扁豆粥，但在这以前，因为贫穷，所以什么都是要吃的。

老婆子 凭了女神俩，[187]他以前每天总是走到我的门前来的。

克瑞密罗斯 为的给你出丧来么？

老婆子 不，凭了宙斯，他只为的爱听我的声音呀。

克瑞密罗斯 那么来得到你的赏赐。

老婆子 凭了宙斯，若是他看见我有点烦恼，他便叫小鸭儿小鸽子的来哄我。 1011

克瑞密罗斯 随后或者请求一双鞋子吧。

老婆子 如果在大祭里，我坐在车上，有什么人朝我看了一眼，我就会因此整天地被他捶打。那小伙子是那么地非常妒忌。

克瑞密罗斯 这似乎是，他只喜欢独自吃哩！

老婆子 他说我有着很好看的一双手。

克瑞密罗斯 在你拿给二十个小银元的时候吧。

老婆子 他说我皮肤的气味很香。

克瑞密罗斯 如果你给倒进塔索斯酒进去，[188]凭了宙斯，那是很可能的。

老婆子 他又说我有一副温柔美好的眼光。

克瑞密罗斯 这人不是傻子，却是懂得怎样去吃那上了火的老婆子的积蓄的。

老婆子 好朋友，那神在这里就做得不对了，他说是要帮助各个受了损害的人的。

克瑞密罗斯 他要怎么做才好呢？你说来，这就可以立刻去做。

老婆子 凭了宙斯，他该强迫那受过我好处的人给我还报，这才正当，否则那人是不应当得着什么幸福的。

克瑞密罗斯 他不是每夜都还报你了么？

老婆子 可是他说他将永不离开我，在我活着的时候。

克瑞密罗斯 对的，但是现在他以为你已经不活着了吧。

老婆子 啊，顶好的朋友，我为了这苦痛真要熔化掉了。

克瑞密罗斯 不，却是要霉烂掉了，据我看你的样子。

老婆子 你真是可以把我从指环中拉得过去了。

克瑞密罗斯 如果那指环是个罗圈。[189]

老婆子 现在那孩子来了，我刚才一直在诉说他的，而且他似乎是赴了酒宴出来哩。

克瑞密罗斯 显然是的。总之他是戴着花冠，拿着火把来了。 1041

少年人上，手拿点着的火把，跟着一群赴宴的人。

少年人 我招呼你们啦！

老婆子 他说什么呀？

少年人 老相好！天啊，你头发白得多么快呀！

老婆子 哎呀，来受这样的侮辱！

克瑞密罗斯 他似乎和你久违了。

老婆子 什么久违？顶坏的人啊，那是昨天还同我在一起的。

克瑞密罗斯 那么他的情形是与许多人正相反的，因为似乎在酒醉的时候他更是看得清楚。

老婆子 不，他的行为就是那么没有规矩的。 1049

少年人 （拿火把靠近她的脸）啊，海里的波塞冬和那老辈的神们啊！[190]她那额角上有多少的皱纹呀！

老婆子 唉，唉！别拿火把到我这里来！

克瑞密罗斯 她说得很对。因为假如一颗火星碰着了她，这就会得像一个古老的花圈似的把她烧掉了的。[191]

少年人 你肯来同我玩一会儿么？

老婆子 哪儿？你坏家伙！

少年人 这里，我有几个干果。

老婆子 什么玩意儿呢？

少年人 你有几个——牙齿？[192]

克瑞密罗斯 但是我也来猜一下。她有三个牙齿，或者四个。

1059 **少年人** 你赔出来吧！你输了，因为她只有一个大牙哩。

老婆子 你这顶坏的汉子，可不是失心疯了么，在这许多男人前面泼我秽水。

少年人 这倒是于你有好处的，如果有谁给你泼洗一下子。

克瑞密罗斯 不，不，现在她正是准备了来上市哩，如果把这铅粉洗了去，额角上的破补钉就将显明地看得见了。

老婆子 你这老头儿，也是失心疯了么？[193]

少年人 或者他是在引诱你哩，他去用手碰你的奶子，以为我没有看见。

老婆子 凭了阿佛洛狄忒，不是我的！你这屁家伙！

克瑞密罗斯 凭了赫卡忒，[194]并没这事。因为要不然我是发了狂了。但是，少年人，我可是不允许你去恨那女孩子。

少年人 我可是很爱她呢。

克瑞密罗斯 她却是在控诉你。

少年人 她控诉什么？

克瑞密罗斯 她说你是无礼的人，你对她说：“弥勒托斯人以前是刚勇的。”

少年人 关于她的事情，我不想同你来打架。

克瑞密罗斯 这是什么意思？

少年人 因为我尊敬你的年纪，对于别人我是不会准许这样做的。现在你带了那女孩子，好好地去吧。

克瑞密罗斯 我懂得，懂得你的意思，或者你不想再同她在一起了吧。

老婆子 可是谁能准许呢？[195]

少年人 我不要再和那经过一万三千年[196]抱过了的女人搞下去了。

克瑞密罗斯 可是你既然要喝酒，那么也就该把酒脚[197]一起喝了下去。

少年人　可是这酒脚却是那么陈旧发霉了。

克瑞密罗斯　那么一张滤酒布可以把这都治好了吧？

少年人　且进里边去吧。因为我想要去把这我所戴的花冠献给那神呢。

老婆子　那么我也想要去同他说些话哩。

少年人　那么我不进去了。

克瑞密罗斯　放心吧，别害怕！因为她不会得强奸你的。

少年人　你说得很好。因为我在以前服侍她已经很够了。

老婆子　你走吧。我将跟着你去。

老婆子同少年人下。

克瑞密罗斯　啊，宙斯大王啊，那老婆儿多么结实地盯着她那小伙子，像是牡蛎似的！[198]

克瑞密罗斯下。

八　第六场

赫耳墨斯上。[199]他敲了一下门，又即躲起来了。

卡里翁上，手里拿着一个瓦盆，里边是水和牺牲的内脏。

卡里翁　敲门的是谁呀？这是谁？似乎并没有人。但是这门无缘无故地响，那真是该打了吧。

赫耳墨斯　喊，我对你说，卡里翁，你别进去呀！

卡里翁　你这家伙，告诉我吧，是你那么敲门的么？ 1101

赫耳墨斯　不，凭了宙斯，我却是刚想要敲，[200]那时你先给我开了门了。但是你赶快跑进去，叫出你的主人来吧，其次是他的妻和儿女，其次那些用人们，其次那狗，其次你自己，其次那猪。

卡里翁　你告诉我，这是什么事呀？

赫耳墨斯　啊，你这坏人，宙斯要把你们都放在一个碗里搅和了，一古脑儿抛进罪人坑里去哩。

卡里翁　这个传令的人，舌头是该割下来了。[201]可是为了什么事情，他要对我们这么做的呢？

赫耳墨斯　为的是你们做下了最可怕的事了。因为自从财神开始照旧能看得见以来，对于我们众神再也没有人来祭祀，献什么乳香，桂叶，麦饼，牺牲以及别的东西的了。

卡里翁　凭了宙斯，再也不献祭了。因为以前你们照顾得我们不好呀。

赫耳墨斯　别的神们我不大关心，但是我是完了，是被挤掉了。

卡里翁　你很明白。

赫耳墨斯　因为以前每到早晨，我就从酒店女主人那里得到酒饼呀，[202]蜂蜜呀，无花果干以及赫耳墨斯所要吃的那些东西，可是现在我只好翘起脚来饿着了。[203]

卡里翁　对于得到这些好处却还要叫人受损失的你，这岂不也正是当然么？[204]

赫耳墨斯　啊呀！啊呀那每月初四给我蒸的糕饼呀！[205]

卡里翁　“你怀念不在的人，空自叫喊吧。”[206]

赫耳墨斯　啊呀我所常吃的羊腿呀！

卡里翁　你这里且在空中踩气球玩吧！[207]

赫耳墨斯　啊呀那我所常吃的热的内脏呀！

卡里翁　现在只是脏腑里有什么在疼痛吧！

赫耳墨斯　啊呀那一半一半的掺和好的酒杯呀！[208]

卡里翁　你还不喝下这个去，赶快地跑走么？[209]

赫耳墨斯　你肯帮助一个你自己的朋友么？

卡里翁　如果你要的什么东西，是我所能帮助你弄到的。

赫耳墨斯　若是你能够得到一个蒸得好好的面包给我吃，还有你们家里在献祭的一大片的肉。

卡里翁　可是现在不准拿出东西来。[210]

赫耳墨斯　每次你把你主人的器物偷出去，总是我使得你不被发觉的。[211]

卡里翁　啊，挖墙洞的，因此你也有份，一块蒸得好好的大馒头就归了你了。[212]

赫耳墨斯　随后你自己把那些都吃完了。

卡里翁　挨打却没有你的份，在我被发觉做了坏事的时候。

赫耳墨斯　请别记怨吧，如果你已得到了费勒。[213]可是凭了神们，收留我作为一个家里的人吧。

卡里翁　以后你将离开神们，留在这里么？

赫耳墨斯　因为你们这里的情形要好得多哩。

卡里翁　怎么样？你以为离乡背井是好的么？

赫耳墨斯　因为谁在哪里幸福，那里就是他的乡国。

卡里翁　你在这里，对于我们有什么用处呢？

赫耳墨斯　把我供在门旁，当作门神吧。

卡里翁　门神么？可是我们用不着开进开出的了。[214]

赫耳墨斯　但是买卖神呢？

卡里翁　我们都富有了，还为什么要去喂养着一个做小贩的赫耳墨斯呢？

赫耳墨斯　但是狡狯神呢？

卡里翁　狡狯么？不，不。现在我们用不着狡狯了，只是要那老实的作风。

赫耳墨斯　但是向导神呢？

卡里翁　可是财神看得见哩，所以不再要用向导者了。

赫耳墨斯　那么我算是竞技的神吧！这你还有什么说呢？因为这对于财神最是相宜了，去举办音乐和体育的各种的比赛。

卡里翁　一个人有许多的名号是多么好的事情呀！因为这个家伙就由此找到了生活。无怪那些陪审员都常是那么热心，想写上许多的名单里去。[215]

赫耳墨斯　那么我就凭了这些条件进去么？

卡里翁　你自己到井边去，洗那内脏吧，那么你就可以算作听差赫耳墨斯了。

赫耳墨斯与卡里翁同下。

九　第七场

宙斯的祭司上。[216]

祭司　谁能确实地告诉我，克瑞密罗斯是在哪里么？

克瑞密罗斯上。

克瑞密罗斯　好先生，那是什么事呀？

祭司　除了坏事还有什么呢？因为自从这财神开始看得见以来，我一直饿得要死啦。我虽然是那救主宙斯的祭司，却没有什么东西吃。

克瑞密罗斯　啊，凭了神们，这是什么缘故呢？

祭司　没有人再想祭祀了。

克瑞密罗斯　为什么呢？

祭司　就是因为大家都富了。在以前，大家没有钱，有时候一个商人为的在路上得了救，有的人为的避免了吃官司走来献祭，也有人还愿宴会，也来招我祭司去。但是现在全然没有一个人来祭祀了，也没有人进庙来，除了千百的来“方便”[217]的人们。 1184

克瑞密罗斯 那么你没有收他们[218]的规费么？

祭司 我现在决意同救主宙斯告别，就留在这地方了。

克瑞密罗斯 放心吧，因为只要神愿意，诸事都会好的。那救主宙斯也就在这里了，他是不请自来的。[219]

祭司 你说的都是很好的消息。

克瑞密罗斯 现在我们就要供奉起——但是且慢，[220]——财神来，在他以前供养着的地方，永远看守着那女神的后房。[221]但是叫谁拿点着的火把到这里来吧，那么你可以拿了在神的前面走去。

祭司 那我们必得这么地做吧。

克瑞密罗斯 谁把财神请出来吧。

老婆子上。

老婆子 我做什么呢？

克瑞密罗斯 那粥罐子，我们要去供财神的，你拿了顶在你的头上，庄严地走去吧，——你正好穿得花花绿绿的

1199 来的。

老婆子 但是我为此而来的那件事呢？

克瑞密罗斯 一切就会给你办好的。因为那少年人晚上就到你那儿。

老婆子 凭了宙斯，如果你保证他会到我那里来，那么我就拿这罐子吧。

老婆子拿起粥罐子，顶在她的头上。

克瑞密罗斯 （对观众）且说这些罐子和许多别的罐子情形绝不相同，因为别的罐子总是泡泡在上头的，但是现在
1207 的罐子却是在这婆婆的顶上哩。[222]

十　退场

歌队　现在我们不该再拖延，却是应当下场了，因为我们须得跟在他们后面，一面歌唱着呀。 1209

一同下场。

注　释

[1] 罗克西阿斯（Loxias），乃是阿波罗（Apollon）的别号之一。原文意云斜，古代注家以为是说他的乩语意思暧昧，又或因为他是日神，日光斜射之故。但对于预言的神加以不敬的徽号，似不近理，他的兼为日神乃是后起的事，在这以前他早已被称为罗克西阿斯了。阿波罗是希腊古代牧民的神，职司牧畜，音乐，弓箭，医药等，与牧牛羊有关的事，后来又与太阳神赫利俄斯（Hêlios）合并，但是他以这个身分出现的时候极少。他是大神宙斯（Zeus）的一个儿子，因此或者继承了他父亲的职权，又管理占卜预言，在得尔福（Delphoi）的乩坛最有名。得尔福庙里的女祭司，坐在一个三脚鼎上边，一面闻着从地下石缝中出来的硫磺气，不久沉醉昏迷了，嘴里唱起什么话来，外边站着的男祭司便抄写下来，编成歌词，便算是神明对于求卜的人的答语。

[2] “咕的一声”原意是说猪叫，或猪叫似的哼一下子。

[3] 主仆刚从阿波罗庙里祭祀回来，头上都还戴着桂树叶的花冠，表示他们的身体是神圣的，别人不可侵犯，因此即使说话不合，主人也不会打他。

[4] 摘去花冠，便不是神圣了，可以打得，而且因为额上没有树叶子做保护，打去也就更是疼痛了。

[5] “政客们”系意译，原文云“演说家”。在古代雅典有一时期，行过形似民主的制度，公民在政治法律各问题上可以自由说话，因此政治家都善于演说，人民也努力学习，有专家担任教学，但由此也产生投机取巧的人，专说好话，骗取大众的信任，得了政权在手，便作恶起来了。

[6] 意思即是说一生的光阴已快完了。古代希腊人多以箭作比喻，如云话已说了，也常说箭已经射完。

[7] 福玻斯（Phoibos），乃是阿波罗的另一称号，意云光明，俗语可云漂亮，乃是指他的少年气概。后来他兼为日神，或以为这是日神的称号，其实并不然，因为在荷马史诗中已经有此名，那时他还没有兼管太阳的职务，这里说的是占卜，也是与太阳无关的。至于此处所云的“花环”，据古代注家云，三脚鼎与女祭司均戴着桂叶花环，这里便算作阿波罗自身的了。

［8］ 意云请你接受这人去做朋友，并接受咒骂的这句话去吧。

［9］ 得墨忒耳（Dêmêtêr）译意可云地母，或云谷母，在希腊神话中职司农事，或者可以说是总管草木繁荣的女神。

［10］ 普路托斯（Ploutos）算是财神的名字，意云财富，本来只是抽象名词的人格化，成了专名，与冥王的名字普路同（Ploutôn）出于同一字，因为古人觉得财富之源是在地下，农业的产物与金属出品，都是从地里出来的。财神眼瞎，所以世间贫富不公，乃是后起的传说，可是相传已久，在阿里斯托芬时代可见已是很普遍的了。

［11］ 大意是说：你是财神，却那么沉默着，不知道贫富的不公么？

［12］ “神明们”（theoi）指众神，“精灵们”（daimones）大抵是地位较次的神们，虽然有时也可混用。

［13］ 宙斯是希腊神话中的大神，管领天空和世界。古代人立誓或加重语气，常引他作证，说“凭了宙斯”。也有说凭了别神的，那大抵另有意义。

［14］ 帕特洛克勒斯（Patroklês）据古代注家说，是一个雅典的富人，很是吝啬，觉得公共澡堂太贵，不去洗澡，那时澡堂的价目是一回两个铜钱。

［15］ 这里灾难即是指瞎眼的事情。

[16] 卡里翁差不多是小丑的脚色，说话多莽撞粗俗。希腊后期与罗马喜剧中的家奴大抵都是如此。

[17] 上文第99行，克瑞密罗斯说，就是我眼睛看得见的也没有看见好人，罗泽斯本注云，这是观众们所喜欢的讽刺他们自己的一种玩笑话。这里也正是同样的例。

[18] 这句据有些校订家的意见，以为或者非是作者的原文。

[19] 宙斯是天神，他的武器便是下民所怕的雷击，这在神话上想像作降魔杵似的东西，两头喇叭花似的开口，从那里发出火焰来，古代图画上都如此画，所以通常称为两头着火的。这抛掷出去便是一个霹雳。

[20] “三个铜元”原文云“三俄玻罗斯”，系一种铜币。值三个俄玻罗斯，约等于银二钱，系雅典陪审员一天的报酬。

[21] 意云正是。

[22] 麦粉饼系用大麦磨粉，加入油与蜂蜜所制成，系祭品中之最不费钱者。富人祭祀用牛，穷人只用麦饼，这里即是说不论贫富的人都不来献祭了。

[23] 科林斯地方的妓女的贪婪是著名的。

[24] 这里即是所谓娈童。

[25] 罗泽斯本注云，下文第511行说一切技术的发明，由于贫

穷，在某种意义上两样说法都是对的。这有如盾的两面，发明者的目的原在于逃避贫穷，获得财富。

［26］ 罗泽斯本注云，原文除第169行系财神所说外，从160至180行，均作为克瑞密罗斯的话。但是有些句子显然是属于卡里翁的，许多校订家将词句平分给他们，有时各人一句，或轮番地说半句。这与说话人的情意未能相合，似不如将文句分配给各人，与他性格合适，更为妥当。或以为说话上称财神为“你”的可分属于甲，说“他”的分属于乙，但这样分法也未能做得恰好。又引古代注家说，主仆各说与他们相宜的话，这里及第190行以下，分配词句也就依照这个原则。

［27］ 葱头在希腊民间是极普通的食物。

［28］ 希腊古代同别处一样，奸夫如被本夫发见，杀死不论，但也有别的方法惩治的，据古代注家说，是拿萝卜插在他肛门里，又拔光阴毛，堆上热灰云云。这里说奸夫因为有钱，所以得被从轻发落，不曾被杀，只被拔毛了事。

［29］ 大王普通都是指波斯国王，以奢侈豪富称。

［30］ 雅典与斯巴达战败后，人民对于公民大会政治失了兴趣，无人去参加。本有公民大会津贴，每天一个俄玻罗斯，值银约六分，价值太小，少有人顾问，及后来增加至三倍，赴会的人遂大增加云。

［31］ 希腊为防备斯巴达，组织反斯巴达联盟，复兴海军，在战

后财政支绌的时候，这大概是当时极大的问题。作者这里几句都是就时事发言。

［32］ 反斯巴达联盟的军队有些是雅典以外的人，所以说是客军，实际也即是募军，驻扎科林斯一带，由雅典出资给养。

［33］ 据古代注家说，潘菲罗斯（Pamphilos）乃是当时一个坏政客，贪污公款，发觉后被没收财产，食客们也多受累。

［34］ “卖针的”系阿里斯托塞诺斯（Aristoxenos）的诨名，为上述食客之一，事情不详。

［35］ 阿古里俄斯（Agyrrhios）系当时鼎鼎大名的政客，规定陪审津贴一事最有名，富而骄傲。放屁，即表示不敬。

［36］ 菲勒普西俄斯（Philepsios）据古代注家说，本是穷人，以善说故事致富。一说他也是政客，贪污公款，假造些离奇的故事来作辩解，说明钱为什么不见了的缘故。在本文中似以后说为胜。

［37］ 罗泽斯本注云，雅典与埃及同盟的事不知其说，但是我们知道，在库普洛斯岛的国王欧阿戈剌斯（Euagoras）与波斯帝国抗衡的时候，埃及人与雅典人均予以援助，因此在他们中间可能也有什么关联。

［38］ 拉伊斯（Lais）是古代希腊的名妓，居于科林斯地方，关于她的故事传说很多。菲罗尼得斯（Philônidês）巨富而鄙俗丑恶，声如

驴鸣，却为她所欢迎，但是菲罗尼得斯却同时也大被榨取了。

［39］ 提摩忒俄斯（Timotheos）也是雅典富人，在他家里建有一座高塔，像城堡似的，这里卡里翁本想说，那也是因了你才造成的，但他主人讨厌他屡次夹杂说话，所以把他的话打断了。

［40］ 主仆交互地说话，各与本人的身分相宜，一个说的品性，一个说的便都是吃食的东西。

［41］ 希腊古代教育内分文化与体育两部，分别锻炼身心两方面，前者包括写字，读书，算术，图画。音乐部分有唱歌，弹竖琴与吹芦管，至于跳舞那或者须归到体育的范围内去了。

［42］ 若干条金子都是意译，原文云"塔兰同"（talanton），本系重量的名称，每一单位约等于三十公斤，后用以计金银，变换为货币价格，则等于六十木那（mna），约值银二千四百两，今姑算作金十两，改译为金条。

［43］ 罗泽斯本注云，古代注家引欧里庇得斯悲剧《腓尼基妇女》（*Phoinissai*）第597行云，那财神是胆小而且爱惜他性命的。柏格勒又引用他散失的剧本《阿耳刻拉俄斯》（*Arkhelaos*）中断句云：你发财么？那财神是愚鲁，而且还胆小的。

［44］ 林叩斯（Lynkeus）是希腊神话上的一个英雄，曾参与阿耳戈船的航海冒险，同了伊阿宋（Iasôn）去取金羊毛，据说他有异常

锐利的眼光，就是在地底下的东西他也能看见。2 世纪时路喀阿诺斯（Loukianos）所著对话中有《提蒙》（*Timôn*）一篇，第 25 节财神所说有这两句话：就是林叩斯也不容易来在这地面上找到一个正人，何况我又是瞎的，怎么能行呢？

［45］ 皮托（Pythô）即得尔福的别名。桂树是属于阿波罗的神圣的树，古人多取树叶编为花冠。在多多那地方有宙斯的古乩坛，那里有大树林全是麻栎树，祭司候风过树间，树叶飒飒有声，编译为韵语，作为神的宣示。得尔福的乩语是由女祭司口述的，这里的说法多少用着宙斯的故典，说得特别的神异一点。

［46］ 财神还是怕惧宙斯，大概叫他注意，不可胡说胡为，但是克瑞密罗斯把他的话打断了。

［47］ 克瑞密罗斯所说虽是实话，因为现在要争回财神来者都是些穷朋友，但这里也是为的滑稽作用。照语气说来，理应是有许多有勇气的人成为战友，这才足以给他们壮胆，现在却突然从反面说是些没有面包的，正如古代注家所说用“出于意外”的话来逗人笑乐的。

［48］ 开场时卡里翁手里拿着一块祭祀上分得的胙肉，现在还拿着。

［49］ 罗泽斯本注云：这一句不可如字解释，以为克瑞密罗斯真想用了不正的方法成为富有，他只是在狡狯地模拟一般人祷告求富的口吻

罢了。

[50] 薤白，据说希腊人古时和蜜与醋食之，为穷人的食物。

[51] 拈阄系指那时雅典的陪审制度里的一种办法。陪审员于早晨走到法庭，先抽一张签，上边有一个字母，他便去到那一个庭里坐着，到散庭时换得一张票子，可以领到公费三个俄玻罗斯，约值银二钱。这里卡里翁挖苦那些老人们，拈了阄不是往法庭去陪审，却只是走进坟堆里去罢了。

[52] 卡戎（Kharôn）在神话上是一个老人，专在人世与冥土之间的一条河上管渡船，把死人渡过河去，每人给一个铜元做船钱。票子见注[51]，即凭了去领公费的证据，由雅典市的长官（Arkhôn）发给，这里卡里翁说他们领了票子，好上船渡到冥土去。古代注家说，卡戎之名即是将“长官”一字中字母交换排列而成。

[53] 弥达斯（Midas）在传说上是小亚细亚的一个国王，有一天阿波罗与牧羊神潘（Pan）在山林中比赛音乐，阿波罗弹竖琴，潘吹编箫。阿波罗得胜是必定的了，可是弥达斯却称赞那羊脚的潘。阿波罗指了他耳朵一下，这便长大起来，同驴耳朵一样了。他又是很富，据说他曾经给酒神找回他的老伴当塞勒诺斯（Seilenos）去，酒神应允给他一个报酬，他便要求手所碰着的东西都变成金子。这目的是达到了，可是他因此大为不幸，因为一切饮食物经他一碰到，立即化成黄金，他几乎

饿死了。他后来又去求酒神，酒神教他在一条河里去洗澡，这才算免去了这灾难，那河里的沙据说为此都是金色的。

[54] 这里卡里翁与歌队的人是在扮演荷马史诗《奥德赛》里的故事。这诗叙述希腊英雄俄底修斯（Odysseus）从特洛亚战争回故乡去，在路上漂流多年，所经历的各种事情，那篇名的意思便是说“俄底修斯的故事”。

[55] 圆目巨人（Kyklops）意思是说圆眼睛，因为他只有一只眼，生在前额中间，与凡人两眼的显得扁长的不同，大概是正圆的一个，故有此名。他在神话上本来有几个，乃是一种精灵，仿佛是火与锻冶神的助手，专给宙斯在那里制造霹雳棒的。在这史诗里却显得是别一类巨人，他在岛上牧羊，遇见人时也吃人肉，俄底修斯和伴当们被关在山洞里，有好几个人都被吃了，末后用酒灌醉了他，拿烧红了的木桩刺瞎了他唯一的眼睛，冒了很大的危险，这才逃了出来。

[56] 罗泽斯本注引古代注家的话，说从“丁丁当”至下文“小子们，不断地叫喊着吧”，均系引用菲罗克塞诺斯（Philoxenos）的诗剧中语。他系公元前 4 世纪初的人，曾在叙剌枯赛（通称叙拉古），与狄俄倪西俄斯（Dionysios）的情妇伽拉忒亚（Galateia）要好，为王所恨，罚在石宕里作工。他逃了出来，写了这本曲，讲“伽拉忒亚与圆目巨人的恋爱”，借以挖苦狄俄倪西俄斯。但原本散失，后人不大知道本

事，只当作一个故典用，一直传了下来，说这怪物生过相思病，伽拉忒亚则由凡人女而变成了海洋神女了。

[57] 古代注家说，这句乃是从菲罗克塞诺斯引用来的，因为在那上边他说圆目巨人带着一个口袋，中盛野菜。

[58] 喀耳刻（Kirkê）在神话上说是太阳赫利俄斯的女儿，是一个有法术的巫女。俄底修斯的船到了她的岛上，伴当们上岸去找食物，都没有回来，原来是她留他们饮食，用棒一击，立即变成了猪羊野兽了。俄底修斯得着辟蛊的神草，拿了去制服了她，叫她把伴当们回复了原形。这也是史诗中间的一大段落。

[59] 本来故事里变猪的是俄底修斯的伴当，与菲罗尼得斯无关，这里由上文第179行的事而牵连说及，大概由于巫女喀耳刻与妓女拉伊斯的联想的关系。

[60] 罗泽斯本注云，这小叠句与上下本文无甚关系。假如这不是从菲罗克塞诺斯曲中引用来的，我们可以推想，当是在这种乡村游戏中的一种口号，即是对于小伙子们的号召，叫他们跟着跳舞中的领导的行动。

[61] 拉厄耳忒斯（Laertês）是俄底修斯的父亲的名字。

[62] 阿里斯堤罗斯（Aristyllos）的为人不详，虽然在作者的喜剧《公民大会妇女》中也说及他的名字，大概是当时的一个不名誉的

人，被人家那么地作弄过的。

［63］ 以前是在歌舞游戏，假装作故事里的人物，现在终止，各自变换成本来面目了。

［64］ “你们快乐”古时用于一切的招呼，后来据路喀阿诺斯说，单只用于早晨相见而已。柏拉图不赞成用“快乐”，以为浮泛无聊，不如问“好”，属于身心两面，更有意义。“拥抱”原意只是问讯或敬礼，因普通敬礼的方式而引申之，亦可解作“拥抱”或“亲吻”等。下文第1042行少年人说“我招呼你们啦！”也即是直译此语，等于说“你们好！”。

［65］ 这里所谓神是单独指那财神。

［66］ 战神原名阿瑞斯（Arês），他的状貌当然是很武勇的，虽然他在神话上不大重要。在史诗故事中他也显得不大好看，因为他虽是专司战事的神，可是武功似乎不高明，在特洛亚战斗中，曾被希腊英雄刺伤，大叫而逃。

［67］ 赫剌克勒斯（Hêraklês）是希腊最大英雄之一人，所做有十二件大工作，很是有名，为斯巴达系英雄的代表，勇猛第一而稍少智慧。古人宣誓，力说或惊恐时常呼他的名字。

［68］ “本地习惯”参照上文第47行卡里翁所说的“本地人的模样”，都是说世间一般的情形，做坏事弄钱，有了钱秘藏起来，不让朋

友们知道。

［69］“那地方”即是指得尔福，因为主人刚从阿波罗大庙问卜回来，庙里有宝库，富有极是著名。

［70］“辟恶的”（apotropaios）是阿波罗的一个名号，他力能给人转祸为福，叫这名称，请他加以保佑。

［71］意指乌鸦等哓哓地乱叫，这里将鸟比人，也含有吵聒和不祥的意思在里边。

［72］“三两金子”原文云“三木那”，参看注［42］。

［73］这里所想像的即是克瑞密罗斯被告发受审问时的情形，在作者的《阿卡奈人》中，主战派拉马科斯与反对派狄开俄波利斯争吵，也说在他的盾里照出狄开俄波利斯将因懦怯逃避兵役而受审，所说正是一样。

［74］希腊古代有人遇危难，向神或人乞援，照例手执一枝“请愿的树枝”，这是橄榄树枝，上缠羊毛，请愿人拿着，到了神庙放在祭坛上，到人家则放在灶上，请求神或主人的保护。这里是在法庭，所以只拿在手里吧。

［75］“赫剌克勒斯的儿女们”（Hêrakleidai）是赫剌克勒斯故事的一部分，欧里庇得斯有一部悲剧就用这名字，说他们为阿耳戈斯王所逼，由赫剌克勒斯的母亲率领了来雅典求救，帮助他们打败了敌人。这

里别一个潘菲罗斯乃是有名画家，与注［33］所说的并不是同一的人。

［76］ 灶火女神赫斯提亚（Hestia）是灶的人格化，在神话上是宙斯的长姊，灶是家庭的代表，所以由她掌管，虽然没有故事流传，但在神们中间她的地位总是极高的。

［77］ 波塞冬（Poseidôn）是宙斯的兄长，乃是海神兼火山的神，在希腊民间信仰上势力很大，克瑞密罗斯立誓叫他的名字，表示郑重，与普通呼宙斯不同。

［78］ 克瑞密罗斯呼波塞冬，当然就是指这个海神，但布勒西得摩斯因为事太离奇，还怕他掉枪花，说假话，所以追问一句近于废话的话。

［79］ 这是一种习惯语，只是漫然地当作一个条件罢了。这里当然不是如字直解，因为把财神眼睛医好，乃是凡人反抗神的统治，想要翻身的计划，不是任何神明所赞成的。下文穷神与赫耳墨斯出场，便都明白反对这个无法无天的计划。

［80］ 古代雅典的医生由政府给与薪金，算是一种公职，到了与斯巴达战败后，财政支绌，停止这个办法，所以医生们多出境，到别的城邦另求生计去了。

［81］“天医”原文为“阿斯克勒庇俄斯”（Asklêpios），是他的名字。他乃是阿波罗的儿子，他的医术能够起死回生，把有些死人都医活

了，冥王大为惶恐，走去告诉宙斯，宙斯只得一霹雳把他打死了。希腊有好些地方造有他的庙宇，供奉着他，病人们去祭祀后，多睡在庙里，睡梦中见神和他的神蛇来给治病，后世发见好些石刻，记载着这类的奇迹故事。19 世纪末年希腊学者在天医庙遗址掘得“阿斯克勒庇俄斯医案”，约记有二十多件的事情，罗泽斯本载有原文三则，其一正是说神蛇治病的。其文云：“一个人的脚趾被蛇所治好。这人在脚趾上长了一个恶疮，大为受苦，还在白天由仆人们抬他进来，坐在一个榻上。在他睡着了的时候，一条蛇从内殿里出来，用舌头舔他的脚趾，把这医好了之后，又回到殿里去了。他醒了过来，病已好了，他说他做了一梦，他仿佛觉得有一个容貌整齐的少年人给他在脚趾上搽了些药。”这是神蛇治病的例，与下文所说有点相近。

[82] 穷神名珀尼亚，乃贫穷的人格化，因原字在文法上是阴性的，所以它也就成为女神了。

[83] 报仇女神厄里倪厄斯（Erínys），原来系多数，共有三人，这里只说其一而已。希腊古代有人被杀者，由其亲属为之报仇，但如亲属相杀，特别如被杀者为父母，便报仇无人，那时民间相信当由死者自己担任，所以最初这本是怨鬼，后来才变成职有专司的女神了。据说她们是女人的形状，样子很可怕，有翅膀，头发里蟠着蛇。

[84] 报仇女神向来不画作拿火把，据罗泽斯本注，应是当时在

什么人的悲剧中，有如此表演的，所以这里引用。2 世纪中路喀阿诺斯的对话里，有人说有什么人拿着火把来了，好像是报仇女神似的，又可见在那时民间一般是这么说，只是文献上不见流传下来罢了。

[85] “罪人坑”系是意译，原文云“巴剌特戎”(barathron)，原是一个大坑，在雅典卫城的后面，是抛弃罪人死体的地方。

[86] “酒吊子”原文云“科堤勒”(kotylê)，本意是酒杯，又作为容量的名称，两吊子约合一公升。

[87] 这里前面的意思是说敌不过穷鬼，后面则单就没有甲仗说，因为穷的缘故，把旧有的也都当卖掉了。

[88] “那神”即是财神，因为财神可以克服穷神。“得胜纪念”(tropaion)，本意乃是敌人“败走”的纪念，这便是遗弃的和死人身上的甲仗，拿来挂在柱子或是树上，但也有建造更有永久性的纪念物的，如土堆，石碑等。

[89] 意云做了倒不是坏事，只有不这么做，不赶紧把财神的眼睛医好，那才是更大的坏事了。

[90] 这两者都是古代的刑具，因为穷神说的话太是荒唐，所以要叫它们来惩治她。板子即是大杖，往往可以打死人。大枷不知异同如何，原意云俯，大概也是类似的东西，可能是一种立枷，木板不是水平而是直立的，好像板壁上有些圆洞，把犯人的颈子套在那里。一面大枷上可

以套好些人，阿忒奈俄斯（Athenaios）书中说及某处大枷只套着两个人，因为这是小地方，所以戴不满，是很好的证明，若是繁盛地方则那些圆洞便当套满了人了。

[91] 两造比赛曲直胜负，先要写下一项，赏罚是如何分配。

[92] 这是说对于穷神的罚则，犹我国所谓一死不足以蔽辜的意思。

[93] “做这事”据古今注家多解作“去死”，但罗泽斯本注以为这只是说起手辩论，说亦近理。

[94] 据罗泽斯本注所说，这里几句话很重要，是穷神失败后在希腊站不住脚的根源。贫富翻身，如世间还有贫穷，穷神还有她的事情可做，但是现在因为好人由贫转富，立下一个榜样，使得求富的人知所适从，结果“大家都成为良善”，也就富裕，贫穷终于绝迹了。人们知道，除自己变好外求神也无用处，所以祭祀不再举行，大小神们都没有吃食，也只好都改换方向，走到克瑞密罗斯家里来了。

[95] 上文说“和你在一起”是指穷神，这里的“她”，仍指穷神或贫穷。

[96] “社伙”是香社的同伙，所谓香社是一种宗教团体，专为参拜酒神而组织的，照例是狂歌乱舞，所以这里用作骂语。

[97] 希腊古时是奴隶制度的时代，所以这么说。

[98] 帖萨利亚在希腊北部，向来多有贩卖奴隶的商人。

[99] 雅典公共澡堂里冬天比较温暖，穷人们都去靠火，但是太靠近炉火，所以容易烫伤发生水疱。

[100] 狄俄倪西俄斯是叙剌枯赛的僭王，以专横著名。参看注[56]。特剌叙部罗斯（Thrasyboulos）则是在作者当代从少数专政中解放雅典，恢复民主的人，他占领了要塞地方费勒，即宣布赦令，除少数首要外不得记怨，最为有名。

[101] 穷神夸说她的属下的人都是有规矩的，即是有条理，守秩序，所以克瑞密罗斯开玩笑说，那些做贼和挖墙洞的也的确要守他们的规矩，才能办事。

[102] 这是一句插在中间的话，警告她不要以为说了几句真话，便可使人们相信她了。

[103] “拍翅膀”是指小鸟想飞，空拍着两翅，这里形容克瑞密罗斯的挣扎辩论。

[104] “她”即是穷神。

[105] 奥林匹亚竞技是在奥林匹亚地方举行的竞技大会，是敬礼在奥林匹斯山上的宙斯的，所以这样地称呼。那地方有宙斯大庙，在那里每四年举行一次竞技，这期间称为一个奥林匹亚斯，自公元前776年起，始以奥林匹亚斯纪年，如《财神》于公元前388年演出，即是

第 98 奥林匹亚斯的第一年了。

[106] 竞技每四年一回，但是古代希腊人连前一回的本年计算在内，所以这里说是第五年。

[107] 古代竞技得胜是绝大荣举，至于所得奖品，只是用树叶编成的花冠而已。在奥林匹亚是野橄榄树叶的，在皮托是桂树叶，涅墨亚是山芹的叶，伊斯特摩斯则是用常春藤或是松叶所编的。

[108] 赫卡忒（Hekatê）是三岔路口的女神，在神话上是小神，但在民间却有很大的势力，很受人民的敬畏。

[109] 赫卡忒的节日是每月十三日，财力能及的人家在那天晚上，照例准备吃食，称为赫卡忒的筵宴，送到路旁她的小庙里去，可是事实上是由肚饿的过路人分享了，犬儒派哲学家也是这经常的顾客之一云。

[110] 罗泽斯本注云，这两个雅典人觉得辩论有点要失败，便突然停止讨论，用势力把穷神赶下场去了。这里意思说无论你怎么说，反正我都是不听的。

[111] 这是叫屈的话。本意也是叫大家都听着，但未说出，作者这里是在引用欧里庇得斯原语，并非引自他自己的《骑士》。

[112] 泡宋（Pausôn）是当时一个画动物的画家，乃是无赖，画又恶劣，所以时常穷得没有饭吃。这里是说那通常挨饿的泡宋才是你的

同伴，你可以叫他来帮助你吧。

[113] “到乌鸦里去”系习惯用语，大意可以解作“滚蛋”，虽然原意是说给它们去作饵食，更有咒骂的意义。

[114] 罗泽斯本注说这一句是表示威胁，即是小心你的头被敲打而号哭。

[115] 忒修斯（Thêseus）也是希腊神话上的一个英雄，他乃是雅典派的代表，可以说是智勇双全。这大宴是用以纪念他统一阿提刻地方的功绩的，连身分较低的阶级也邀请在内，所吃食物很粗，在每月的初八日举行。罗泽斯本注云，食物似只是粥与面包，客人把面包的小块挖成杓子，舀粥吃。

[116] “你自己的最好的朋友”乃是游戏语，即是说你自己。

[117] 第635—636行，即从“已经张开了眼”至句末，据罗泽斯本注云，系从索福克勒斯悲剧《菲纽斯》（*Phineus*）逸文中引用来的。菲纽斯听了后妻的谗言，将两个儿子的眼睛弄瞎，他因此受罚瞎了眼，可是那儿子却由天医给他们医好，这两行便是说他们的。

[118] “有好儿女”古代注家如文解释，举出阿斯克勒庇俄斯的儿女的名字来，但据罗泽斯本的意见，则所指应是广义的，即世间的医师们，在当时那医药的祖师希波克剌忒斯（Hippokratês）正是代表，比阿里斯托芬约当年长二十四岁。后来罗马皇帝由利阿奴斯

（Julianus）于尺牍中说及希波克剌忒斯，正称他为阿斯克勒庇俄斯的最好的儿孙云。

［119］“人类的伟大的光”是诗文中对于阿斯克勒庇俄斯的习用的美称。路喀阿诺斯所著《亚力山大》（*Alexandros*）中，说那骗子自称是天医转世，说道：我是格吕孔（Glykôn），乃是宙斯的第三代血脉，是人类的光。

［120］据说当时雅典女人最爱喝酒，在本篇中曾说及三次，此为其一。《地母节妇女》中有一节云：啊，你们最口渴的女人，最爱喝酒的，一心只想酒醉的，对于酒店是好运气，对于我们却是灾祸，对于家具和布机也是如此。古代注家说，因为喝酒的缘故，将家具都当卖了，又酒醉了也不能织布。

［121］卡里翁说“事件”，又说要从头到脚说给妻子听，语气很严重，所以妻子抓住“直到头上”的话头，表明希望恶事不要落到自己头上。

［122］在财神医好了眼睛，走出庙来以前，文中都把他作为凡人，阿斯克勒庇俄斯则是神。

［123］海里洗澡，在病人把自己的身体交给神去医治之前，算是一种祓除秽恶的仪式。欧里庇得斯的悲剧《伊菲革涅亚在陶洛人里》（*Iphigeneia hê en Taurois*）第1193行云：“海水可以洗涤人类一切的肮脏。”

［124］ 这里说幸福，实际是表示惊异，因为雅典上演喜剧照例是在酒神大祭时，在古代第九月“射鹿之月”（elaphêboliôn），即现今三月的后半月，那时往海水里浸一下，是很有点儿寒冷的。

［125］ 罗泽斯本注云，在厄庇道洛斯的神庙的灵境，周围约有三公里，内有各种建筑物，如庙宇，神像，戏场，赛跑场等。最著名的乃是病人住夜的有许多柱子的走廊，邻接着内殿，这即是天医自己的住所了。

［126］ 祭祀的时候，先焚烧副祭品，即糕饼等物，随后再献牺牲，这回献祭的虽是财神本人，却还很穷，所以所献也只是穷人的祭品而已。

［127］ 罗泽斯本注云，病人大概有可以睡觉的床榻，跟去的人只好自己设法，寻找什么稻草芦苇之类，权且应用了。下文第714行所说，卡里翁也就只盖着那件外衣而已。

［128］ 涅俄克勒得斯（Neokleides）是当时的一个政治家，喜剧《公民大会妇女》中说到他，称为烂眼的涅俄克勒得斯。古代注家说他是政客，兼是告密人和窃贼。

［129］ “敬纳”（hagizein）系宗教上的用语，说特置某物为神圣之用，现今祭司偷走祭品，故意使用敬语。

［130］ 这里原是说你不怕神的发怒么，卡里翁于下文却故意歪曲

了，说我是在怕他先去把粥吃了，前后意思便很不同了。

［131］ 普通解作“那祭司拿走祭品”，差不多即是告诉他这要为人所拿去。罗泽斯本注以为上文管事人叫他们听见声响，不要作声，似乎暗示神自己将亲来携取，卡里翁假装相信这话，比揭穿祭司的事，似更有意味。

［132］ 罗泽斯本注引古代注家云，这显然是由于那麦粥的缘故。

［133］ 这两个是天医的从神，或云是他的女儿，古代注家说，他的女儿共有三人，伊阿索（Iasô）意云治愈，帕那刻亚（Panakea）意云万应，第三个名许癸厄亚（Hygieia）意云康健，与医疗无直接关系，所以这里便把她略去了。

［134］ 沉香原作乳香，在古代是很贵重的香料。

［135］ “吃屎的”是医生的一个轻蔑的称号。据古代注家说，这是因为医生检视从病人体内排泄出来的便溺，取得报酬的缘故。又据说医家祖师希波克剌忒斯曾尝过人的粪便，为的对于某种病人想要知道他的生死的运命。

［136］ 忒诺斯岛在希腊东面爱琴海中，出大蒜最有名。《公民大会妇女》第404行以下，也说起涅俄克勒得斯的眼病的药方，云用大蒜和无花果汁同捣，加入斯巴达的大戟，晚间搽在眼皮上边。

［137］ 绵枣儿又叫作海葱头，它的球根有利尿的功用，但气味很

恶，苦而辛辣，手里拿得太久，令皮肤起疱云。这加上了醋，原不是可以治眼病的东西，现在却反贴在眼皮底下，便使得涅俄克勒得斯的眼睛更瞎了。斯斐托斯是阿提刻的一个市镇，不知是那里的醋真是著名，还是作者借此挖苦那地方居民的坏脾气，两者都说不定。

［138］ 罗泽斯本注云，这一行文字与意义都不明了，大意是说以前他常在公民大会，假借口实，宣誓提出异议，妨碍政治工作的进行，现在眼睛弄得更是瞎了，他有了真实的理由，可不必同以前的那么做了。

［139］ 这所谓龙即是大蛇。

［140］ 上文卡里翁说蒙头盖住，却又看得很清楚，曾被主妇责问，设词逃过，现在又说得活灵活现，恐怕又被问住，所以先自找补一句在这里。

［141］ 参看注［120］。古代注家说，他应当说在你说一句话之前，他却说你喝完十杯酒，这里他在嘲笑女人们的喜欢喝酒。但如罗泽斯本注所说，或者这在卡里翁自己也真觉得如此，喝下十杯酒去比什么都还要快吧。

［142］ 这是奴隶呼主君的敬语，在阿斯克勒庇俄斯可以算是例外，虽然常用于宙斯或阿波罗。

［143］ 据罗泽斯本注说，这并不是指跳舞者的脚步，只是说一群

得意的人们的行进，步声也自然的有一种节调，至于老人们也走得那么起劲，更可以想见他们的欢喜与兴奋了。

[144] 卡里翁心里所想的都只是酒食的事，所以这里如要给他一个花冠做奖赏，自然应当与竞技的那种相反，不是树叶而是用一大串烤面包所做成的了。

[145] 古代希腊习惯，凡是新买的奴隶进门，大家都拿了些糖果来撒在他的身上，这习惯也流传在现代欧洲，成为新婚仪式的一部分。罗泽斯本注引古代注家云，将那奴隶引进，叫他坐在灶旁，拿小饼干，无花果干，枣子和别样糖果，撒在他的头上，奴隶们便来抢夺这些东西，这就叫作撒果子。

[146] 撒果子应是庆祝新买的奴婢，这里主妇却说下去是一副新买的眼睛，显得很是滑稽。

[147] 雅典娜（Athena）是宙斯的女儿，为雅典的守护神，那地方便以她为名。

[148] 刻克洛普斯（Kekrops）据说是雅典所在的阿提刻地方的初代国王，人身，脚乃是蛇。

[149] “行径”在这里分作两面说，即是和坏人在一起，又离开那些好人。

[150] “这件事和那件事”即注 [149] 所说的他的行径的两面。

[151] 大家竞争着要来招呼克瑞密罗斯，生怕他没有看到，所以那么地碰他敲他，引起他的注意。

[152] 只许拿进，不准拿出，财神也依照世俗的意见，预先取一个吉兆。

[153] 在灶旁撒果子的习惯，参看注 [145]。

[154] “导演的诗人”系指悲剧喜剧竞赛时的导演人，即是作者本人，因为古代希腊在那时排演戏剧，由富有的市民捐资，令作剧者自己担任其事，有时他自己也上场来扮一个角色。

[155] 得克西尼科斯（Dexinikos）大概是当时实有的一个贪得的人。

[156] 这里卡里翁说的是“反语”，即是说一般的人须得做坏事才能发财，主人家里虽然并不曾那么做，可是也富有起来了。

[157] “猜单双”是一种儿童的游戏，互猜手中所握物品数目的单双，来定胜负。柏拉图对话《吕西斯》（*Lysis*）中有云，男孩们脱了衣服，在屋角落里用许多羊拐骨来猜着单双。金圆（statêr）系一种金币，约值银十两。

[158] 古代希腊人大便后使用石片，注家或引古谚云：若是粗糙的，三块石片可擦屁股，光滑的就用四块。罗泽斯本注引用雅典奈俄斯书中叙述两个妓女问答的话（原系韵文），一个用石片怕痛，一个

是屡次忍不住大便的。“格那泰那有一次问玛尼亚道，‘阿姐，你带了石头么？’那姑娘回答道，‘如果我有石头，我将给了你，去擦你自己吧。’”由此可见一般人都在使用。

[159] 大祭系指地母得墨忒耳的祭日，在每年九月举行，受戒者经过前年的两次预备典礼，得以参与，受此密戒者可以脱离罪障，得享永生。照例参与大祭时各人着用最好的衣服，所以卡里翁所说乃是游戏的反语。

[160] 梭伦（Sôlon）当初立法许可公民举发公私罪过，所以有些坏人便带了同党的见证，假借事由，肆行讹诈，为害民间，因此告密人的名词差不多成为坏人们的代表了。下文第970行克瑞密罗斯见到那老婆子，也怀疑她是个女告密。

[161] “三倍”照例是说多数，告密人又夸大其词由四五倍直说至一万倍去。

[162] “多倍的”与上文“万倍”相似而实有不同，因为这是指性质强的酒，禁得起混和多量的水，这里盖因句中“混和”一字引起双关的意义来，用酒来作比喻的。

[163] “烂板”本是说金银钱币印铸恶劣，不能十足通用，比喻人中劣等。

[164] 轮子，古代刑具的一种，犯人特别是奴隶常被缚在上边，

加以拷问。神话中古英雄伊克西翁（Ixion）得罪天神，死后在冥土受罪，缚在轮上旋转着，见于图画。希腊古时刑讯盖在市场上，也是示众的意思吧。

［165］ 意思说他与卡里翁同谋，抢去了自己的财产，以他所穿的新衣服为证据。

［166］ 欧达摩斯（Eudamos）大抵是忒俄佛剌托斯（Theophrastos）所著《植物志》中说及的欧得摩斯（Eudêmos）。他贩卖各种辟邪降福的护符，大抵是指环形式，其中有防治毒蛇咬伤的。大概在指环上边刻有文字，说明功用，看卡里翁的话可知。

［167］ 这里卡里翁骂告密人，你去肚皮爆破吧，可是这并不是肚子太饱满了，相反的乃是由于太空，肚里装满了没有东西而爆破了，这里存在着滑稽，译文没法写好。

［168］ 在原文这里吁呼短长二音，重叠六次，作为一行，表示他用鼻子用力地去闻那鱼肉香味的情状。

［169］ 古代希腊法律，为奖励内外贸易起见，规定商人得免兵役。这里告密人便是说，他在想要免除兵役的时候，也曾假托说是商人。

［170］ 上文所谓法官，即是陪审员，只是以前判事的职务。这里告发的人乃是检事，告密人乃引为自己的责任，这是雅典的特别情形，因为只有《梭伦立法》才奖励告密的。

[171] 库瑞涅地方出产阿魏（silphion），罗泽斯本注是茴香草树之一种，库瑞涅的钱币上印有它的形状，输出各处，很是富裕。巴托斯（Battos）是开创那城市的人，说巴托斯的阿魏，意云莫大的富源。

[172] 这是告密人说过的话，见上文第918行后半，这里卡里翁便整个地借用过来了。

[173] 告密人所以能讹诈作恶，完全倚靠他的告密是合法的，有合法的证人跟着。现在证人看见形势不好，先自溜走了，告密人独自一个没有了人证，便没有什么力量，所以这里特别提明"独自"被抓。

[174] "啊唷，又是一下！"系引用埃斯库罗斯的悲剧《阿伽门农》（*Agamemnôn*）第1345行原语，阿伽门农被暗杀，斧头砍了一下，大声叫唤，随后又说这么一句。这个无赖在此便模仿这口吻，意思是说在变为贫穷之后，这是第二个打击了。

[175] 野橄榄树生活力最强，可以禁得起钉上许多铁钉，给还愿的人们挂上供品。

[176] 无花果树脆弱无用，这里意思是说即使是个庸人，有如无花果树做的手杖，给他做帮手当证人。"告密人"的原义是"告发无花果输入的"，语意上亦有双关。

[177] 这里是说他原来的那套破衣服和破鞋，可见告密人的那一套原来还不怎么破旧。

[178] 作者即景把歌队长拉入，故意开一点玩笑。

[179] 老婆子年纪当然不小了，却穿得花花绿绿的（见下文第1199行），又是很娇美的口气，所以玩笑的这样去称呼她。

[180] 这里不说抽不着签去到法庭陪审，却说喝酒，因为当时据说雅典的妇女多爱喝酒的缘故。

[181] 这里说那少年人“良善”，下文第1003行克瑞密罗斯又说他不坏，盖是作者的伏笔，要表明少年人当初虽是行事不检点，后来财神却仍使他富裕，可见并无什么不合。

[182] “小银元”原文云“德拉克马”（drakhme），系一种银币，每个值六铜元，约等于银四钱。

[183] “两担”原文云“四墨丁诺伊（medimnoi）”，共计约五十加仑，与二公石的分量很相近。

[184] 这里说的是反语，少年人所要的东西不少，但老婆子的口气觉得并不多，所以克瑞密罗斯故意这么地说。

[185] 奶油糕形如圆饼，牛乳所制。罗泽斯本注从雅典奈俄斯书中引亚勒西斯（Alexis）诗云：“不，凭了天医，我不爱吃晚餐，但是啊，我喜欢那糖果。因为我听说，那新郎们常把这些东西送给他们的新娘的，奶油糕，兔子和画眉鸟。啊，我是那么地爱好这些东西！”可知这里老婆子送这点心给少年人，是有其特殊意味的。又有阿谟菲斯

（Amphis）的诗，说有人列举快乐的事物云：奶油糕，甜葡萄酒，鸡蛋，芝麻饼，没药，花冠，吹笛女。

［186］ 弥勒托斯（Milêtos）在小亚细亚西海岸，希腊殖民于此，当初住民很是勇敢，称霸海上，人们都向它投奔，但后来逐渐奢华，就衰退下去了。世间留下这么一句俗谚，纪念它过去的光荣，这里当然是比喻说女人已经老了。

［187］“女神俩”在俗语中系指地母得墨忒耳，和她的女儿冥后珀耳塞福涅（Persephonê）。

［188］ 塔索斯是出酒的地方。这里也在说女人爱喝酒，参看注［120］及［141］。

［189］ 这里是说米筛的竹圈，不是面粉用的棕丝小筛。

［190］ 少年人呼波塞冬，只因为他是宙斯的长兄，与下文老辈的神们相应，用以影射老婆子的年老而已，与上文布勒西得摩斯的情形不同。

［191］ 这种花圈系橄榄树枝所制，上缠羊毛，并附着各种属于麦和葡萄的丰收的象征，如无花果，面包，蜂蜜，橄榄油和葡萄酒的容器，用于秋收节日，小孩们唱着歌扛了走，后来就挂在门上边。这大概要一直挂到第二年的节日，日子久了，这便干枯容易发火，有似乡间火石打火用的那种火绒了。

[192] 本来猜单双的人手里捏着果子或石子等，应问对方道，这里有几个果子？这里少年人要戏弄老婆子，所以改变了问话。

[193] 罗泽斯本注云，在1060行她这样对少年人说过，现在差不多用同样的话来对克瑞密罗斯说。她是一个可厌的老婆子，但我们看她那么被那老人和少年人所戏弄，不禁觉得她有点可怜了。

[194] 女人发誓，多说“凭了赫卡忒”，关于这女神参看注[108]。上文老婆子却用少女口吻，说凭了阿佛洛狄忒（Aphrodite），乃是恋爱女神，所以克瑞密罗斯故意开玩笑，也改用一般妇女的口气叫起赫卡忒来了。

[195] 这句原文意义不大明了。罗泽斯本注解作这是对少年人的话而发，因为他叫克瑞密罗斯带了她去，所以她表示反对，那准许的便是少年人。若是对克瑞密罗斯的话来说，少年人要抛弃了她，那么这里便没有什么准许的人，所以意思不大清楚了。

[196] “一万三千年”只是说长久罢了。

[197] “酒脚”即是酒渣，古代葡萄酒滤得不精，瓶杯的底里常有渣滓留存。

[198] “牡蛎”系意译，原文是一种笠贝，在岩石上吸着力很强。罗泽斯本注云，这种笠贝的身体除壳外不到半两重，可是要想把它从岩石上剥下来，无论向着哪一方向，都需要三十磅的力量，即是它本身的

九百六十倍，如或向着吸着的对方，则需要六十二磅，即一千九百八十四倍云。

［199］ 赫耳墨斯是宙斯的一个儿子，在希腊神话上故事很多，所以也比较有名。他的职务第一是给宙斯传令，出差办事。顶有名的一件便是带领竞争谁是最美的那三位神女，去叫帕里斯决定，以致引起特洛亚战役的事。其次还有送刚死的魂灵到冥土去，因此他的职务其一是向导的神。他又为到处奔跑的贸易的神，引申开去，凡是有利可得的，不管用的什么方法，也都由他管领，所以欺诈盗贼这一项也是他做祖师。此外他还是比赛竞技的神；又坐在门外户枢旁边，可以说是门神，却更有点近于“泰山石敢当”的样子。这是一根方柱子，上边刻着有胡须的一个人像，放在人家门前，名字便叫作赫耳迈（Hermai）。归结起来，他是宙斯的儿子，却是一个打杂的听差，所以在本剧里上边那些职务都合不上，结果终于以听差（diakonikos）的资格被采用了。

［200］ 这话分明是撒谎。

［201］ 古代希腊宴会末了照例奠酒祭神，又给赫耳墨斯奠酒，浇在从牺牲取下来的舌头上面，算是送给神的传令人吃的。现在他来传达这样坏消息，所以卡里翁把话倒了过来，说这传令人的舌头反而应该割了下来了。

［202］ 罗泽斯本注云，这是很明显的，正如蜂蜜是蜜饼的主要成

分一样，葡萄酒当是酒饼的主要成分。据古代注家所说，这是用酒替代水和的面，或云酒饼乃是一种饼，有酒与蜜的味道。

[203] 赫耳墨斯本是宙斯的听差，现今没有职务，无事可做，只好“翘起脚来”挨着饿。

[204] 赫耳墨斯怎么地使那些店铺受损失，这里没有说明，但据罗泽斯本注推测，这可能是营业上的什么失算，或者是被窃，总之都是属于他所管辖的，即是贸易与窃盗这两部分吧。

[205] 据说赫耳墨斯是在初四日诞生的，所以商人们每月初四都给他做糕饼上供。

[206] 据说这是引用悲剧上的一句成语，赫剌克勒斯上了阿耳戈船，随同去取金羊毛，停泊时他的小友叫许拉斯（Hylas）的入山去取清水，被水泉女神拉下水里去了，赫剌克勒斯到处寻觅，不再回船，终于不见，故云。这里卡里翁引了来，嘲笑赫耳墨斯的无谓的悲叹。

[207] “踩气球玩”，若按原文直译则为“玩酒袋戏”，因为古代酒袋多用整个羊皮，游戏时用皮袋吹气令满，叫人站在上边，能久站者为胜。上文赫耳墨斯想起常吃的羊腿，因声音的联想，说到酒袋的游戏，别无什么意义。

[208] 古代希腊人不喝纯酒，在葡萄酒里都和了水喝，有一种“和杯”，便是和酒用的。一半一半算是适当的分量，有时水与酒是二

与一的比例，在中国要说是“掺水酒”，几乎不能喝了。

［209］ 赫耳墨斯想到喝酒，卡里翁手里拿着一个瓦盆，这时便叫他喝盆里的秽水去。

［210］ 财神刚进来时，上文第792行有过这话，说只应拿进，不宜拿出东西来。

［211］ 赫耳墨斯是窃贼的祖师，所以给小偷帮助，享受他们的供应，参看注［199］。荷马派颂歌中《赫耳墨斯》一篇中便叙述他在刚生下地的那一天，便用乌龟壳做成了一个竖琴，又出去偷了阿波罗的牛五十头，叫牛穿上草鞋，赶了倒走，说得很是滑稽好玩。

［212］ 上文第1136行赫耳墨斯刚叫卡里翁给他拿一个蒸得好好的面包来吃，这里便模仿那口气，不过把面包换为馒头而已。

［213］ 特剌叙部罗斯占据费勒，解放雅典，见注［100］。赫耳墨斯这里说，卡里翁现在成功了，也应不再记怨，帮助他一下。

［214］ 因了门神（转枢神）一语的双关意义，卡里翁所以说现在不再要转来转去的了。

［215］ 罗泽斯本注云，在十法庭并开的时候，陪审员抽着任何法庭的号码，可以出庭去。但在战败后，法庭没有这许多事要办，所以有几组就抽着空白，这一天没有事务，也便没有报酬了。有些市民却是依此为生的，于是发生作弊情形，其一是去混坐到没有他名字的那法庭里

去，其二是把名字设法写到两组的名单里，那么空白的机会可以减少了。这里所说的即是上边的第二种情形。

[216] 宙斯是最大的天神，他庙里的祭司地位也最高。剧场观众坐席正中，有一座靠背特别高大的石椅，便是他临场时所坐的座位。这里却写得他很寒伧，而且下文救主宙斯自己也不请自来了，大家一点都不介意，不觉得有什么冒犯，因为这原来只当作喜剧来看的。

[217] “方便”即大小便。

[218] 古代注家，或将“他们”解作“这些”，以为是在说粪溺，因为古代祭祀的余剩都归祭司所有，所以这粪便他也可以拿去卖钱的。

[219] 这是很大的讽刺，大神尚且跑了来，更无怪赫耳墨斯和祭司了。

[220] 克瑞密罗斯刚说了半句，祭司就忙了起来，所以他临时阻止他一下，随后再接续下去。

[221] 雅典娜是雅典城的守护神，在卫城上有她的大庙，就是那有名的处女庙（Parthenon），神殿的后房是宝库，实际也即是雅典城邦的国库了。雅典在内战失败后，库藏空虚，用途却很繁多，这时把财神请到，让他去守那库房，在雅典当时也正是大家所最欢迎的事，不单是财神开了眼，穷人翻过身来，可以快心而已。

[222] 这里语意双关，在别一种外国语上无法可以表现。希腊语

格饶斯（graus）普通解作“老婆子”，又可解作“泡沫”，在煮羹粥时上边浮着的一片，与水泡不全一样。克瑞密罗斯便借此来开玩笑，说平常罐里煮粥，上面是一片格饶斯，现在却大大的不同，因为罐子反是在格饶斯的上头了。

附录　1954年版《阿里斯托芬喜剧集》材料

译者序

《财神》

《财神》于公元前388年演出。这是阿里斯托芬演出的第二本《财神》，他的第一本同名剧于公元前408年演出。他后来更把这第二本《财神》加以修改，用他的儿子阿刺洛斯的名义来重演，但是这修改本并没有留传下来。

公元前405年雅典海军在羊河之役全军覆没，次年雅典投降，内战结束。战后财产不平等问题变成了雅典主要的社会问题。这个问题的发生本来是有深远的社会经济根源：一方面是货币经济的发展、海外通商的发展、城市手工业的发展、奴隶劳动的广泛使用和战时的投机事业等等，造成城市富豪；他方面是货币经济侵入农村，破坏农村经济，土地世代相传，越分越小，收种也就随之越来越少，以致自耕农不得不借债度日，典押土地，出卖土地，少数化为贫农，大多数则于破产后流入城市，成为城市贫民，更由于城市艺工被奴隶劳动所排斥，贫民的人数更是增加。这种财产不平等的状况早已存在于公元前5世纪初叶，到了公元前5世纪末叶便急剧地发展，尤其是在战时，农村受战争的灾难，迅速破产，而城市商人则做粮食投机，变成了暴发户。然而，在战时，因为大敌当前，贫富之间的矛盾落到了次要地位上；一旦战事终了，社会尚未复原，这种矛盾便以更大的力量爆发起来，成为社会的主要矛盾。贫民对于富豪和剥削者的仇恨是很深的。爱伦堡在讨论《财神》这剧的时候就曾经说过："革命的酵母已经在下层阶级中酝酿起来了，宗教再也没有力量阻止它了。"虽是革命的酵母尚未能酿成革命，但是从贫民当街暴动、棒打富人的事件毕竟可以看出阶级仇恨的强烈。

《财神》的情节如下。一个名叫克瑞密罗斯的阿提刻农人一生穷苦，他眼见好人贫穷，坏人致富的社会现象，便到得尔福去祈求阿波罗的神示：究竟是把他唯一的儿子教养成坏人有利，还是教养成好人有利。阿波罗叫他出庙门的时候，碰见谁就跟谁走。

本剧便从这里开场，写克瑞密罗斯和他的仆人卡里翁跟随着一个衣服破烂的瞎子。克瑞密罗斯发现了那人是财神，他就决心医治他的瞎眼，好叫他复明以后，只去找那些好人，不再登坏人的门。他打发卡里翁去召请他的邻人，阿提刻的穷苦农民（歌队）。歌队进场后，克瑞密罗斯的老朋友布勒西得摩斯也跟着跑来，他听说克瑞密罗斯发了财，疑心他从庙里偷了银钱，答应去替他收买那些政客，叫他们不要告发。克瑞密罗斯把真情告诉他的朋友之后，他们两人便准备把财神带到天医的神庙，给他医治眼病。正在这时候，穷神出现了，她责备他们要抛弃她，同他们争辩贫富的价值问题（对驳场）。她说，贫穷对人类的文化有莫大的贡献，人穷了才肯劳动，一旦人人富裕，还有什么可以逼人劳动呢？克瑞密罗斯却回答说，奴隶会替主人劳动。但是穷神却说，人人都有了钱，谁还肯去贩卖奴隶呢？克瑞密罗斯却不听她那一套，把她撵走了。他和布勒西得摩斯两人终于把财神带到天医庙上去。卡里翁也跟着前去。第二天，卡里翁回来向他的主妇报告说，财神复明了。于是克瑞密罗斯伴着财神回来。这剧的下半部表明财神复明后的自然结果。卡里翁首先说，家里富足了，应有尽有了。跟着就来了一个正直的人，他先前穷苦，现在富有了。倒霉的是一个告密人，他再也不能够靠敲诈为生了。赫耳墨斯，小偷们的主神，也来了，他饿得没办法，向卡里翁讨一点东西吃，情愿在凡人家里做一个仆役。最后，由于人们有了钱不再敬奉宙斯，连宙斯的祭司也跑来找个差事。他们便让他引导游行队，送财神到存放国库的雅典娜庙的后殿里去。全剧到此结束。

阿里斯托芬在战后主要反对财产的不平等。他站在贫民的立场上，对于贫民与富人的矛盾特别敏感。他曾经在《公民大会妇女》（公元前 389 年）里反映贫民对财产不平等的愤慨，主张实行社会改革，废除私有财产制。他在《财神》里反映贫民反抗富人的心理，反映贫苦农民想把社会财产还给被剥削者的天真思想。诗人对于财产的不平等，对于好人穷困、坏人富裕这一社会现象表示极大的愤慨，他认为好人应该富裕，坏人应该穷困。他希望贫民摆脱穷困，可是又找不着出路，只好怀念过去，想恢复雅典民主盛世的农民权利，梦想财产平均分配的幸福生活。但是，这是不可能的，因为不随个人意志而转移的社会经济发展已经向前迈进，进入了工商业经济阶段，由于私有财产的积累而形成的货币经济已经破坏了旧日的自然经济，基于奴隶劳动的私有财产制度已经毁灭了古老的氏族公社制度，促使自耕农于破产后化为贫民。剧中穷神反驳克瑞密罗斯的话正好说明这个历史必然性。穷是当日社会的残酷现实，是当日社会经济发展的必然结果。但是，它是生产的推动力，要是人人富有，还有什么可以逼人劳动呢？这论证是克瑞密罗斯（也就是诗人自己）所不能反驳的，因为穷神的论证是从当时的经济现实中抽绎出来的。在未来的岁月中，生产的推动力还会是穷神的鞭策，奴隶制度也还要继续一个很长久的时期。克瑞密罗斯找不到理由来反驳穷神，只好不理她的话，把她赶走，这就表示农民的革命意志。他毅然使财神复明，创造出一个使财产分配合理化的新社会制度。自然，一切违反社会经济发展的道路而创造出来的社会制度只能够成为乌托邦式的空想。他这空想，在历史发展的道路前面，不得不幻灭。然而，尽管诗人解决矛盾的方法是一种空想，他的社会认识依然是正确的。他认为社会的不合理不在于财富本身，而在于财富的分配不均，必须把劳动者应得的财富还给他们，必须消灭人剥削人的制度。只有当人人都靠自己的劳动来致富，只有当剥削成为不可能的时候，财富才能成为一种道德的力量，鼓励好人去努力生产，迫使坏人改邪归正（如像剧中的赫耳墨斯与祭司），结果是人人皆善，人人皆富。这就是《财神》一剧的社会意义。

财神的双目失明，是容易理解的。许多古代的作家都会如此提起。这自然是由于看见好人受穷、坏人致富的社会现象而产生出来的一种想像。可是，财神既是财富的赐与者，他自己为什么连衣服都很褴褛呢？这原是诗人让财神穿上破衣服来象征当日的社会现象，来揭露当日的社会矛盾。这个象征是合乎当日的社会的真实的，因为农民所见到的社会现象的确是这样的。

《财神》是从“旧喜剧”到“中喜剧”的过渡期中的喜剧，它的特点是：

（一）整个剧情很温和。原因是由于作者所处理的是社会的一般性问题，很少涉及时人时事。

（二）歌队完全失去了它的重要性。合唱歌只有一首，剧中有七八处只标明“歌舞”，并没有合唱歌。“插曲”也没有了。本剧里的歌队的功用主要是表明时间的过去（一场歌舞之后，剧里的时间往往已经有了改变），它对于剧情的发展并不起什么作用。

（三）剧中所描写的是现实生活，现实人物。剧中的人物比前面各剧的人物较为个性化。例如，克瑞密罗斯的妻子就是一个有特性的妇女，希腊文学上第一个滑稽的女人物。她很相信卡里翁的话，大惊小怪。她回答卡里翁的话使得卡里翁的叙述更有风趣。奴隶人物也第一次在喜剧里占有重要地位。卡里翁直接参加剧中的动作，他邀请歌队，唱《圆目巨人歌》，报告医治盲眼的经过（至于叙述他在庙里偷汤的一段则是剧中最精彩的部分）。他可以骂主人，可以随便开玩笑。这种卤莽的奴隶成为后来的“新喜剧”和罗马喜剧的典范。

本剧的结构有些像《阿卡奈人》，上半部写财神的复明，下半部写复明以后的自然结果，这仍然是“旧喜剧”的一般结构。

《财神》不失为一部有趣的剧本，在古代、中世纪和文艺复兴时期最受读者欢迎，现存的抄本还有 146 本之多。其所以受欢迎，主要是由于文字的平易、风格的雅致与问题的普遍性。

结　论

阿里斯托芬所处的时代是雅典的政治危机和经济危机日益加深的时代，当时的政治矛盾和社会矛盾是极为复杂而又十分尖锐的。诗人把这许多的矛盾一个个地揭露出来。从上述各节的分析，我们可以看出诗人的批判的现实主义态度。他始终站在人民的立场，一方面，他猛烈地抨击希腊民族的自相残杀、雅典对待盟邦的高压手段、政治煽动家的愚弄人民、告密者的敲诈、官吏的贪污、城市的腐败生活、诡辩派的思想、教育的危机、宗教的迷信、文坛上的堕落倾向、财产的不平等以及其他一切足以危害城邦和人民的不良现象；另一方面，他又倾向于雅典过去民主制度最巩固的时代，倾向于过去波斯战争中勇敢、正直、大公无私的卫国英雄的时代，倾向于旧日的传统精神。总之，他始终没有脱离人民，没有脱离现实。尽管他剧中的情节很是荒诞，但是所有的主题都是十分现实的。

他的作品的斗争性和思想性是很强的，他把喜剧作为政治斗争的武器。恩格斯很早就指出过喜剧之父阿里斯托芬是“强烈的倾向诗人”[1]。俄国的革命民主批评家对于阿里斯托芬喜剧的政治讽刺的尖锐性也给过很高的评价。诗人敢于当着主战派鼓吹他的和平思想，敢于对那位有权有势的政治煽动家克勒翁予以最尖锐的讽刺，他这种勇敢的战斗精神是值得我们学习的。

阿里斯托芬的创作态度是非常严肃的，但是，由于希腊喜剧起源于崇拜生殖的宗教歌舞，“旧喜剧”就不免要保存着一些原始歌舞的猥亵成分；然而，就道德观点而论，诗人是最富于道德思想的人。别林斯基就曾经说过阿里斯托芬是“最善良和最有道德的人”，车尔尼雪夫斯基也曾经指出过阿里斯托芬的喜剧具有“重大的教育意义”。

一个喜剧家要善于讲笑话，阿里斯托芬在这方面算是能手。他的喜剧处处滑稽，引人发笑。但是，他并不滥用他的笑话，而是用得恰到好处，收到很大的效果。阿里斯托芬喜剧中的故事完全是诗人自己构想出来的。剧中的情节本身往往就是一个大笑话，所以，即使剧中的人物不说半句笑话，这些戏剧也可以称得上喜剧了。

希腊“旧喜剧”上半部通常描写一件事业的成功，下半部通常描写成功以后的自然结果，尾上以婚礼或宴会收场。一般的说来，阿里斯托芬不大注重结构，也不大注意细节（譬如，《马蜂》里的菲罗克勒翁没有牙齿也能够咬断绳子）。他动起笔来好像全不费力，很快就写成；但是，每当他精心写作的时候，他可以把情节处理得十分完美，使全剧成为一个有机的组织，《鸟》的结构就是一个很好的例子。

剧中所采用的是一种经过提炼的民间的朴素语言，配合着一些城市里的漂亮话，而且是诗的语言，节奏很鲜明。剧中有许多抒情诗，特别是那些描写乡村风景的诗，写得十分优美。阿里斯托芬的剧中有机智，有诗，也有粗野的成分。所以德国诗人海涅曾说：阿里斯托芬的树上有思想的奇花开放，有夜莺歌唱，也有猢狲吵闹。历来的喜剧家能像阿里斯托芬这样锋利、这样诙谐的不算少，但是能够兼有他那种抒情意味的毕竟不多。

阿里斯托芬的喜剧取材于日常生活。这些剧本不但有很高的艺术价值，而且是社会生活的可贵的史料，特别是关于当日的农业和手工业生产方式的可贵的史料。甚至历史家修昔底德也曾经从阿里斯托芬的喜剧里寻找史料。

现代的喜剧是间接模仿希腊“新喜剧”和直接模仿罗马喜剧而来的，它和希腊“旧喜剧”没有什么关系。关于阿里斯托芬对于后世文学的影响，德隆茨基说得很好：“古代雅典喜剧的特点是与公元前 5 世纪雅典生活的政治和文化条件密切相关的，因此后世的诗人模拟阿里斯托芬作品的风格只能当作一种实验。拉辛、歌德和浪漫派作家都做过这种尝试。而在才能方面真正接近于阿里斯托芬的作家，譬如说拉伯雷，却是用另一种形式，用另一种风格来写作的。”[2]

罗念生

注　释

[1] 见《马克思、恩格斯、列宁、斯大林论文艺》(第 27 页)，曹葆华等译，人民文学出版社。

[2] 见德隆茨基:《古代文学史》第 177 页。

文
景

社科新知 文艺新潮

Horizon

阿里斯托芬喜剧集（全八册）

［古希腊］阿里斯托芬 著

罗念生 杨宪益 周作人 译

出 品 人：姚映然

责任编辑：朱悠然

营销编辑：胡珍珍

封扉设计：山川制本

美术编辑：安克晨

出　　品：北京世纪文景文化传播有限责任公司

(北京朝阳区东土城路8号林达大厦A座4A 100013)

出版发行：上海人民出版社

印　　刷：山东临沂新华印刷物流集团有限责任公司

制　　版：北京大观世纪文化传媒有限公司

开 本：850mm × 1168mm 1/32

印 张：33.375 字 数：475,000 插页：44

2020年12月第1版 2020年12月第1次印刷

定 价：288.00元

ISBN：978-7-208-16679-0/I·1919

图书在版编目（CIP）数据

阿里斯托芬喜剧集/（古希腊）阿里斯托芬（Aristophanes）著；罗念生，杨宪益，周作人译. —上海：上海人民出版社，2020

书名原文：The Comedies of Aristophanes

ISBN 978-7-208-16679-0

Ⅰ.①阿… Ⅱ.①阿… ②罗… ③杨… ④周… Ⅲ.①喜剧-剧本-作品集-古希腊 Ⅳ.①I545.32

中国版本图书馆CIP数据核字（2020）第168554号